张金锐 诗词集（第三辑）

全国百佳图书出版单位
时代出版传媒股份有限公司
安徽人民出版社

张金锐诗词集（第三辑）

张金锐 著

全国百佳图书出版单位
时代出版传媒股份有限公司
安徽人民出版社

图书在版编目(CIP)数据

张金锐诗词集.第三辑/张金锐著.—合肥:安徽人民出版社,2016.6

ISBN 978－7－212－08939－9

Ⅰ.①张… Ⅱ.张… Ⅲ.①诗词—作品集—中国—当代 Ⅳ.①I227

中国版本图书馆 CIP 数据核字(2016)第 144800 号

张金锐诗词集(第三辑)

张金锐 著

出 版 人:朱寒冬	责任印制:董 亮
责任编辑:刘 超	装帧设计:陈 爽

出版发行:时代出版传媒股份有限公司 http://www.press-mart.com
　　　　　安徽人民出版社 http://www.ahpeople.com
　　　　　合肥市政务文化新区翡翠路 1118 号出版传媒广场八楼
　　　　　邮编:230071
　　　　　营销部电话:0551-63533258　0551-63533292(传真)
制　　版:合肥市中旭制版有限责任公司
印　　刷:合肥创新印务有限公司

开本:710×1010　1/16　　　印张:15.5　　　字数:120 千
版次:2016 年 6 月第 1 版　2016 年 6 月第 1 次印刷

标准书号:ISBN 978－7－212－08939－9　　　定价:58.00 元

版权所有,侵权必究

励志·感悟·养性
——序《张金锐诗词集》

梁 东

作为家乡在京人士联谊会的会长,我对安庆市的历任领导同志都怀有亲近与敬重的心情。他们当中的很多人都是我的好朋友,张金锐同志就是其中的一位。所不同的,我和他还加上一层关系——诗友。

不知道从什么时候起,他爱上了诗词。于是他拿出当年当兵和尔后钻研经济管理工作的劲头,浸润于传统诗词,悠游其中,一发而不可收。几年的辛苦耕耘有了收获,一叠诗词手稿放置我的案头,行将付梓。这时候我倒真有几句话想说说。

首先,人是要有点精神的。金锐从军、从政,基层打拼锻炼了他的攻坚克难的勇气和精神。天命之年并不妨碍他对文学领域的深度进军。传统诗词是中华文化皇冠上的宝石,艺术规律决定了必要的"游戏规则"。他没有像有些人把精力花在议论这些规则有无必要和呼吁打开"镣铐"去"跳舞"上。他一头钻进去,承认并尊重先贤们数千年来逐渐形成的规律性认识,以及其永恒的生命力。他又一次付出了攻坚克难的不懈追求。努力终于在不长的时间见到效果。诗集中展现的是作者对人生的感悟和对事业的忠诚。"好古,敏以求之可也"(《论语·述而》),"发愤忘食,乐以忘忧,不知老之将至"(同上)正是金锐精神状态的写照。从艺术上说,他的律绝和词作,都反映了阶段性的可喜成果。客观地说,这部诗集中的作品绝不是"字字珠玑",也不必给他加上"桂冠诗人"的头衔,然而有一点可以肯定,他没有想"抄近路",效法某些不伦不类的东西,而是老老实实地,埋头沉心,扑下身子,一步一步朝前走。我赞赏这种来自出发点的正确把握和义无反顾的精神。

其次,往深里说一步,执著的努力从大方向上源于对中华传统文化忠贞不渝的信念。今天,中国人都在谈"文化自信"。"文化自信"来源于"文化自觉"。"自觉"不是"他觉",更不是"觉他",而是首先搞清、搞准自己的老祖宗,找到自己的"精神家园"。这本来是顺理成章的平常道理,奇怪的是常常被搞糊涂了。于是乎,这成了一种"觉悟",一种可贵的觉悟。金锐是具有这种觉悟的。交往中,创作的交流中,我充分感受到他对中华传统文化炽热的情感,这成了我们交流诗艺共同语言的"定海神针"。正是中华文化的伟大生命力和无穷魅力,造就了他的坚定信念,也成为他"入虎穴""得虎子"的不竭动力。有了这种"定力"和觉悟,从而避免和少走弯路,再加上前面所说的那种克服困难的精神,张金锐还会"登堂入室",一以贯之地努力下去,还会不断地拾级而上。

第三,再把话说开去。张金锐是名副其实的"官员"。当代诗坛上的官员,是一个有特色的群体,其表现可圈可点。这一代人由于历史的原因,多半难于系统地接触传统文化尤其是古体诗词的根脉,及其艺术规律。然而,生活的感悟,实践的积累,尤其是传统文化的难以抑制的光芒,隔不断的"磁场"的吸力,连新诗人都"前贤读破三千纸,勒马回缰写旧诗"(闻一多句),官员队伍中的不少人,不期而然地成为改革开放以来造就"中华诗词热"的重要推手。他们兴味盎然,甚至夜以继日地投入诗词的学习和创作。信赖和

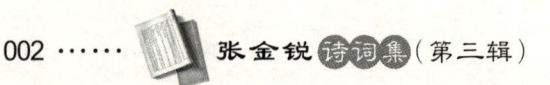

实践没有辜负他们。我有许多将军和官员朋友,成为当代诗坛的佼佼者。实践证明,大凡浸润于传统诗词,由于诗词传递中华文化的元典精神和中华民族的人文气质,使他们如鱼得水般找到了自己的家。在这个精神家园中,人们更直接地领略了爱国主义的最强音,更加亲近自然,重新审视中华道德思想的光辉,领略人间的真善美。这些,正是每一个公务人员所不可或缺的。张金锐通过诗词的学习和创作,在励志、感悟、陶情、养性诸多方面,多有收获,令人欣慰。扩而言之,更多的官员和公众人物走近诗词也必然会收益多多。而这正是时代和我们民族未来所需要的。从这个意义上说,诗词正在呼唤着更多的张金锐们。

可喜的"张金锐现象"!

序 二

刘梦芙

　　诗词是我国古典文学之英华,自先秦以至现代,名家辈出,星光灿烂。近百年来风云变幻,传统文化遭到激烈的批判,诗词亦受株连,被视为"封建文学",让位于白话新诗。但护持传统者依然大有人在,"文革"后诗词复兴,社团林立,近年更在互联网上迅速发展,凭借高科技手段广为传播,在新世纪展现生机蓬勃的气象。纵观中国三千年诗史,可知诗词深深植根于中华文化沃土,是人文精神与高雅艺术的结晶,具有真善美合一的永恒价值,其生命之坚韧,不可能被暴力摧毁。而求真、向善、爱美是人类共同的愿望,文明总是在不断地向高层境界提升,道路虽多曲折,但人类有足够的信心与毅力克服困难,战胜邪恶,实现伟大的理想。以汉字书写创作,包括诗词在内的中华典籍,属于世界文明的重要组成部分,继承珍贵的文化遗产,重建心灵家园,为民族复兴乃至世界和平作出贡献,是我们这一代人的责任。

　　诗词在古代,爱好者颇为广泛,从王侯将相到平民百姓,都有醉心吟咏者,历代诗集与诗话多有记载。但作诗填词的主体无疑是士大夫阶层,屈原以后,诸如李、杜、苏、辛,乃及清末黄遵宪、丘逢甲、陈三立、文廷式、王鹏运、朱祖谋,在诗词史上留下一系列闪光的名字。科举时代的士大夫诗人是文化精英,大多立身正直,秉承儒家治国平天下的理念,仁民爱物,余事为诗以抒情言志,胸襟博大,志向高远。屈原"长太息以掩涕兮,哀民生之多艰",杜甫"穷年忧黎元,太息肠内热",文天祥"人生自古谁无死,留取丹心照汗青",无数富有忧患意识与爱国情怀的诗篇,显示诗人崇高的品格,为后世永垂风范。辛亥革命废除帝制,民国之后又诞生中华人民共和国,为官从政者无复士大夫之称,但蕴含于古典诗词中的人文精神作为一种优良传统,理应赓续弘扬,并结合新时期的社会实践加以创造发展。如果我们的党政官员多出一些文化素养很高的诗人,必能在精神文明建设和民族复兴的进程中起到表率作用。

这部诗集的作者张金锐先生从政数十年,曾任怀宁县委书记,安庆市副市长,安庆市委常委、政法委书记,现任政协安徽省委员会委员、政协安庆市委员会主席,若在古代,可称"士大夫"了。张先生颇有诗人气质,此前多写新诗,近年转习传统诗词,兴趣浓厚,一发而不可收。作品题材丰富,意境宏阔,举凡海内外山川名胜、四时风景,以及友谊亲情与种种生活感悟,皆随时随地写成诗篇,或抒发壮伟的抱负,或寄托柔婉的情思,佳句联翩,气韵生动。昔人谓仁者与天地万物为一体,诗人之心可包括宇宙,张先生诗中的关爱大到国家民族,小到一花一鸟,正乃仁者与诗人发自内心的情感。在诗艺方面,张先生谨遵传统的格律声韵,修辞炼句,力求雅正精工,取法乎上。时下诗坛多有不良风气,作诗填词者目空前古,大言不惭,以"改革"为由,任意突破千年形成的艺术规范,其作品出律乱韵,语言粗俗,全无典雅高华之美,名为"创新",实为对传统的毁坏。张先生步入诗词之宫,选择了一条艰辛的道路,读书积学,追慕前贤;为诗反复推敲,中规中矩,在此基础上升堂入室,成就未可限量。诗为文学金字塔上的明珠,唯有奋力登攀者,才有希望到达光辉的顶点。

张先生写作语体新诗早于传统诗词,诗集中多有存稿。"五

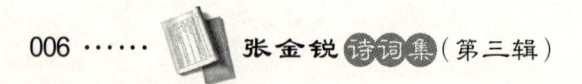

四"后新诗历史已近百年,在崇洋的风气下走向西化,当今新诗杂志刊载的许多篇章,非但彻底抛弃传统诗词的格律,形式上追求绝对自由;内容也以宣扬西方价值观念为主,甚至语言怪诞、意象离奇,毫无中国诗歌的作风与气派。张先生的新诗则无论长篇短制,皆格调健康,情怀真挚,通体押大体相近之韵,琅琅可诵,诗句清新明畅,与生涩诡异的欧化诗迥然不同。笔者历来认为,诗体可新可旧,以精品为旨归,身为中国人,作诗理当植根于本土文化,体现中华民族的思想德性与审美情趣。欧化新诗脱离了传统的根基,在标榜"走向世界"之时丧失民族独立自尊的品格,非可大可久之道。一个抛弃自家文化宝藏、精神卑屈的民族,不可能真正学到异邦文化的优长。新诗的发展状况,与近百年中西文化的冲突紧密相关,话题宏大,这里不能详论,只是说明张先生的新诗立足于本土,有民族风格,未受欧化之影响。倘能多多汲取传统诗词的营养,融通变化,精益求精,或将开拓更为瑰美的境界。

安庆地区古属皖国,文化之积累源远流长,代有诗中雄杰。二十世纪传统诗坛亦不乏名家,诸如怀宁陈独秀、潘伯鹰、洪传经,桐城吴闿生、方守敦、姚永朴、方东美,潜山张恨水,太湖赵朴初等前辈,或为革命家,或为文学家、学者,皆有诗传世。张先生长期生活并工作于安庆,受乡邦文化之熏陶,诗亦饱含桑梓之爱,上举乡贤,足堪师法,循此以进,必上层楼。笔者在省社科院从事诗词研究,成就甚微,承张先生虚怀若谷,不耻下问,殷殷嘱为序言,遂不揣谫陋,妄加论介,谬误之处,尚祈指正。

目录

励志篇

贺习总书记访中东三国 …………………………………… 003
军改有感 …………………………………………………… 003
看央视《百年潮·中国梦》有感 ………………………… 004
庆党中央吹响脱贫攻坚战冲锋号 ………………………… 004
参加我市好人颁奖会有感 ………………………………… 005
贺怀宁县诗词学会成立 …………………………………… 005
观岳飞书写《满江红》故地有感 ………………………… 006
观李大钊纪念馆 …………………………………………… 006
在全国政协北戴河培训中心学习感怀 …………………… 007
贺中华诗词学会第四次代表大会召开 …………………… 007
战友重逢感怀 ……………………………………………… 008
咏林则徐 …………………………………………………… 008
纪念胡耀邦同志诞辰一百周年 …………………………… 009
贺环新集团合资成立二十周年 …………………………… 009
贺曙光集团新厂址新项目建成投产 ……………………… 010
观电视剧《寻路》有感 …………………………………… 010

全面深化改革有感	011
黄梅戏赞	011
读《甲午殇思》系列报道有感	012
中国梦赞	012
枞阳县白荡湖赞	013
国庆六十五华诞颂歌	013
贺省第十三届体育运动大会在我市召开	014
纪念抗战胜利七十周年	014
再上天柱峰有感	015
贺省政协十一届二次会议胜利召开	016
宿州赞	016
纪念抗战胜利六十九周年	017
贺新疆建设兵团成立六十周年	017
贺大别山区鄂豫皖省政协主席第三次联席会议在六安召开	018
看廉政警示剧《平安是福》有感	018
黄鹤楼寄怀	019
新年感怀	019
浦江夜思	020
深圳寄怀	020
纪念辛亥革命一百周年	021
六十抒怀	021
自感	022
元宵节	022
美丽新农村	023
雷锋颂	023
我与诗词	024
步韵和诗友缅怀粟裕大将	025
陪老领导刘院长欢聚在怀宁新县城高河	025
步韵和友人《灌河吟》	026

岳西县建立第一家精神病医院有感	026
观沐阳之家感怀	027
迎新年感怀	027
瞻仰包公祠有感	028
"五一国际劳动节"有感	029
江畔感怀	029
读《崇武听涛》感怀	030
观南非大使馆赞外交官	030
和王先生	031
清明祭缅先烈	031
赞杂交水稻之父袁隆平	032
千名干部下企业帮扶赞	032
交警赞	033
新闻工作者赞	033
红梅赞	034
冬夜读诗	034
看央视播中俄海军联合军演有感	035
写在南京青奥会倒计时一百天	035
黄甲山区寄语	036
诚信赞	036
江心洲寄语	037
杨善洲赞	037
纪念全国政协成立六十五周年	038
"七一"颂	038
看《最美教师张丽莉》有感	039
农民工	039
咏马	040
甲午感怀	040
赠外地安庆商会诸乡友	041

春登振风塔抒怀	041
习马会有感	042
步友人韵《咏云梯关》	042
赞丝绸之路	043
参观红安县七里坪	044
元旦抒怀	044
酷暑周末在家读书	045
浣溪沙·贺宁安、京安高铁开通	045
鹧鸪天·脱贫攻坚赞	046
鹧鸪天·赠到农村扶贫工作队员	046
鹧鸪天·贺猴年春节	047
清平乐·重游天柱山	047
鹧鸪天·纪念抗战胜利七十周年	048
鹧鸪天·观纪念抗战胜利七十周年大阅兵感怀	048
鹧鸪天·观大阅兵抗战老兵方阵有感	049
水调歌头·观浔阳八里湖新区有感	049
鹧鸪天·夜读	050
柳梢青·游橘子洲有感	050
清平乐·人生感怀	051
清平乐·伏夏晨练	052
蝶恋花·参观美丽乡村——杨亭赞	052
鹧鸪天·看红色回忆感怀	053
念奴娇·看1974年版《南征北战》电影有感	054
芙蓉曲·学习习近平总书记《念奴娇》寄怀	054
阳关曲·观森林灭火演习	055
浣溪沙·和省政协老领导欢聚国庆前夜	055
浪淘沙·咏马	056
鹧鸪天·贺黄冈市荣获《中华诗词之市》授牌	056

感悟篇

迎雪观许昌曹丞相府、春秋楼、灞陵桥有感	059
到信阳感怀	059
观黄梅戏《六尺巷》有感	060
鹞落坪有感	060
参观红二十八军旧址纪念馆有感	061
北戴河夜思	061
南阳夜感	062
看新闻有感	063
丙申年三八妇女节	063
观古田会议旧址感怀	064
和诚根先生《观瑞金叶坪中央苏区政府机关旧址有感》	065
观南非先民纪念堂有感	065
立好望角有感	066
非洲归来感怀	067
严冬感怀	067
秋夜有感	068
看《徽州往事》有感	068
"七夕"有感	069
乌克兰"橙色革命"有感	069
观东坡赤壁有感	070
访黄公望旧居有感	070
赏春	071
乙未年末感怀	071
观开封府感怀	072

老领导三年三篇大作有感	072
再看电视剧《亮剑》感怀	073
看《红楼梦》感	073
步韵和诚根先生参观建宁红一方面军领导机关毛泽东、朱德旧居	074
观古田会议旧址感怀	074
礼花	075
观《孟姜女》有感	075
赞好望角	076
"二月二"有感	077
观天一阁感怀	077
汨罗怀古	078
观岳王庙有感	078
观南阳武侯祠感怀	079
观客家祖地三明石壁有感	079
观红军长征出发地于都有感	080
轻车赴赣南感怀	080
夜读有感	081
鹧鸪天·观许昌灞陵桥关公祠感怀	081
水龙吟·立山海关感怀	082
柳梢青·立天柱山感怀	083
鹧鸪天·观潜山县野寨中学抗日阵亡将士陵园有感	083
鹧鸪天·台儿庄大捷有感	084
鹧鸪天·观炎帝故里感怀	084
鹧鸪天·观隆中有感	085
如梦令·观舞阳县贾湖遗址出土八千年前七个象形符号和竹笛有感	085
定风波·暮秋立振风塔迎江寺有感	086
减字木兰花·红色于都感怀	086

霜天晓角·独秀墓 ……087
踏莎行·赴非洲经贸考察感怀 ……087
浣溪沙·观大乔小乔电视剧有感 ……088
水调歌头·参观南非感怀 ……088
蝶恋花·观南非风情有感 ……089
长相思·咸宁感怀 ……090
虞美人·看电视剧《父母爱情》有感 ……090
采桑子·瞻仰麻城起义纪念馆有感 ……091
鹧鸪天·参观红安县有感 ……091
一剪梅·咏春 ……092

随想篇

观今冬又下大雪有感 ……095
参观盱眙有感 ……095
襄阳感怀 ……096
到台州温州参观考察后有感 ……097
观山海关有感 ……097
厦门之夜有感 ……098
咏重阳 ……098
观油菜花有感 ……099
看《蝶舞翩跹》照片有感 ……099
漫步皖江公园 ……100
和古人落花诗 ……101
采茶 ……103
扬州瘦西湖寄怀 ……104
寒梅花开 ……104

听曼哈顿来历	105
敬亭山怀古	105
游大理	106
游花亭湖	106
老友在国外过年	107
城市过年	107
农村过年	108
老牛自嘲	108
观山谷流泉摩崖石刻园有感	109
鹞落坪之夜	110
观襄阳南阳武侯祠对联有感	110
和诚根先生《观香格里拉藏族民间歌舞》	111
观香格里拉普达措国家公园随感	111
丽江古城	112
蝶泉情歌	113
乘机赴非洲途中感怀	114
登桌山遇云雾有感	114
品茶吟诗曲	115
西安夜思	115
看《王昭君》有感	116
岳西品茗赞	116
夜夜新妆待晓明	117
迎江寺大肚笑佛	117
咏陶渊明	118
观世界杯足球赛有感	118
山村秋夜有感	119
迎雪行	119
月夜漫步	120
夜来香	120

游菱湖公园 …………………………………… 121

夜醉 ………………………………………… 121

登武当山金殿 ………………………………… 122

登昆明金殿 …………………………………… 123

听春雨 ………………………………………… 123

春游 …………………………………………… 124

春歌 …………………………………………… 124

大雪赏梅有感 ………………………………… 125

大白菜 ………………………………………… 125

观官庄有感 …………………………………… 126

游岳西有感 …………………………………… 126

观成都武侯祠有感 …………………………… 127

观龙岩有感 …………………………………… 127

咏桂 …………………………………………… 128

咏菊 …………………………………………… 128

春登振风塔 …………………………………… 129

仲春曲 ………………………………………… 129

痴情乐 ………………………………………… 130

雪后感 ………………………………………… 130

柳梢青·到菱湖公园严凤英纪念馆凭吊 …… 131

虞美人·观漯河有感 ………………………… 131

如梦令·七夕夜感 …………………………… 132

摊破浣溪沙·厦门望台 ……………………… 132

行香子·乙未中秋感怀 ……………………… 133

鹧鸪天·石关之夜感怀 ……………………… 133

捣练子·观学生在历史文化名村查济习画有感 …… 134

踏莎行·暮秋有感 …………………………… 134

渔家傲·赴闽西路上有感 …………………… 135

鹧鸪天·三明有感 …………………………… 136

菩萨蛮·饮瑞金红井水有感 …………………………… 136
鹧鸪天·在赣饮酒歌 ………………………………… 137
鹧鸪天·荠菜 ………………………………………… 137
鹧鸪天·立冬夜听雨有感 …………………………… 138
减字木兰花·立安庆长江大桥 ……………………… 138
渔歌子·珠海感怀 …………………………………… 139
浣溪沙·山乡春意 …………………………………… 139

览胜篇

观福州三坊七巷 ……………………………………… 143
和诚根先生《永定土楼》 …………………………… 143
秋钓 …………………………………………………… 144
游菱湖 ………………………………………………… 144
岳阳楼赞 ……………………………………………… 145
游开封清明上河园 …………………………………… 145
沙湖赞 ………………………………………………… 146
登明堂山 ……………………………………………… 146
在北京皇家粮仓观昆曲《牡丹亭》 ………………… 147
亚马孙歌剧院 ………………………………………… 147
里约热内卢市 ………………………………………… 148
登滕王阁 ……………………………………………… 149
游虎跳峡 ……………………………………………… 149
春登赣州八境台 ……………………………………… 150
观肯尼亚纳库鲁湖火烈鸟 …………………………… 150
观十二门徒山 ………………………………………… 151
赞小市镇乾隆牡丹 …………………………………… 151

马年春晨	152
漫步六安市白鹭湖	152
深秋观大别山彩虹瀑布	153
桂林象鼻山	154
夜游桂林两江四湖	154
泛舟桂林漓江	155
登东坡赤壁栖霞楼	155
东坡赤壁寄怀	156
新春情歌	156
聊城光岳楼	157
棒棰岛	157
上天池峰	158
乘飞机在天上	158
到岳西天堂寨	159
傍晚在随州星河畔漫步	159
重览厦门	160
观梅州桥溪古村	161
游锦里	161
春日轻车赴闽	162
漫步斯坦利公园	162
清平乐·石佛寺茶庄	163
采桑子·襄阳赞	163
鹧鸪天·赞南阳	164
忆江南·赞漯河	164
柳梢青·观梅州雁南飞园	165
南乡子·晨立厦门海边小楼	166
鹧鸪天·黄山抒怀	166
鹧鸪天·秋游查济村	167
南乡子·石林感怀	167

虞美人·泛舟洱海	168
菩萨蛮·赏纳库鲁湖国家公园	168
渔歌子·在马赛马拉国家公园无花果饭店	169
渔歌子·菱湖之夏赞	169
一剪梅·春日散步在潜河畔	170
菩萨蛮·仲夏散步莲湖公园	170
柳梢青·夜游西湖	171
柳梢青·游湖	171
卜算子·春情	172
江城子·桂林赞	172
清平乐·阳朔银子岩	173
恋情深·访刘三姐对歌台	173
减字木兰花·和诗家桂林山水	174
清平乐·乡村人家	174
沁园春·观杭州西湖感怀	175
蝶恋花·郊游	175

亲情篇

槎水情思	179
耳顺之年闲吟	179
贺晓漫、黄莹好友喜得孙女	180
清明思亲	180
纪念恩严逝世二十周年	181
思母亲	181
寄春儿而立生辰	182
贺外甥女谢弛婿张祥结百年之好	182

思 …………………………………………………… 183
初夏夜思 ……………………………………………… 183
中秋有感 ……………………………………………… 184
喜闻春儿入党有感 …………………………………… 184
给双亲老宅通风防霉 ………………………………… 185
清明祭先人 …………………………………………… 185
自勉 …………………………………………………… 186
冬夜待儿远方归 ……………………………………… 186
秋兴 …………………………………………………… 187
莲湖夜思 ……………………………………………… 187
清明祭双亲 …………………………………………… 188
鹧鸪天·秋夜思怀 …………………………………… 188
临江仙·秋夜情思 …………………………………… 189
深院月·京城夜思 …………………………………… 189
临江仙·京城夜感 …………………………………… 190
浣溪沙·冬夜有感 …………………………………… 190

友情篇

答友人退休言老有感 ………………………………… 193
和诗友《春梅》 ……………………………………… 193
和友人偶感 …………………………………………… 194
和诗友 ………………………………………………… 195
步韵和诗家 …………………………………………… 195
和《腊八节寄友》 …………………………………… 196
步韵和《我的大学》 ………………………………… 196
和友人 ………………………………………………… 197

寄友人	197
和老友河雨浓浓先生《晨练》	198
老友重阳节聚会	198
欣赏诗友佳作	199
战友重聚豪情涌	200
寄友人	200
和友人	201
和老友元旦前夕赠诗	201
和友人	202
和友人《乌兰布统印象》	203
和广西好友乡朋欢聚有感	204
和老友《腊月感怀》	204
和老友乡朋欢聚武汉	205
广州老友欢聚有感	206
京城众友又重逢	206
同学聚会感怀	207
步韵和友人《赏读〈赵朴初手迹选〉》	207
和友人《人生感悟》	208
步韵和诗友《山》	208
步韵和诗友《寄友》	209
高中同学聚会感怀	209
思友人	210
答友人	210
感恩节和丁先生	211
赴亳州看友人	211
赠友人孙兄	212
和余先生《福建小感》	212
同学聚会	213
赠友人省城履新	213

答友人 ······ 214
和友人《秋思》 ······ 214
寄战友 ······ 215
答京城友人 ······ 215
和台湾友人《除夕夜》 ······ 216
羡友人 ······ 216
赠友人 ······ 217
思同学 ······ 217
和丁兄 ······ 218
答友人《昨夜望月》 ······ 218
浣溪沙·老友欢聚 ······ 219
浣溪沙·高中同学毕业四十年重聚有感 ······ 219
鹧鸪天·和孟总《寄清都山水郎》 ······ 220
长相思·与王老师深圳早餐聚 ······ 220
采桑子·与金老欢聚家乡 ······ 221
虞美人·答友人 ······ 221
阳关曲·乡友欢聚京城 ······ 222

后　　记 ······ 223

励志篇

贺习总书记访中东三国

但庆新元喜事多,中东首访动吟哦。
帮扶做伴倾情谊,和睦为邻息剑戈。
互利共赢求发展,产能合作共磋磨。
生机流转兴无极,万里乾坤永太和。

军改有感

中军升帐若雄狮,叱咤风云举令旗。
鼎革筹谋多决胜,定趋裁断各职司。
须将利剑穿魔首,更恃旌旗插岛夷。
良策神州成大统,狂飙一曲唱佳期。

看央视《百年潮·中国梦》有感

中华直诗人圆梦,血雨腥风几代贤。
辛亥枪声除旧制,延安炮火接新天。
喜迎大地春风暖,远眺青山晓日妍。
当揽今朝从始越,再挥巨笔写鸿篇。

庆党中央吹响脱贫攻坚战冲锋号

京城瑞雪兆丰年,号角频吹万里传。
途径五条成准曲,目标一个写鸿篇。
荒山锦绣奇珍艳,偏寨繁华乐事全。
且看神州皆捷报,共欢万紫艳阳天。

注:
　　习近平总书记提出到二○二○年要实现整体脱贫目标,争取用"五个一批"工程的方法实现脱贫。

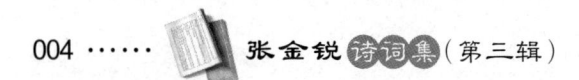

参加我市好人颁奖会有感

今日宜城故事多,大江东去浪飞歌。
廿年风雨真情颂,千位妪翁欢泪哦。
炙热胸膛燃爱火,清廉品质胜缃荷。
春来旭暖人心盎,更见豪情志不磨。

注:
　　一位普通邮递员二十多年来始终给贫困山区儿童送温暖,自发队伍从几个人发展到四百多人;一位普通医生十几年免费给贫困老人治青光眼,已治愈二百多人,他要在有生之年,治愈一千位;还有许多许多……

贺怀宁县诗词学会成立

古皖钟灵韵味悠,春风写意满笺酬。
诗中共咏龙山雪,笔下同歌凤水舟。
吐艳芬芳飘眼底,迎新浪漫灿心头。
吟坛聚友扬旌帜,孔雀高翔再上楼。

观岳飞书写《满江红》故地有感

几番拜读《满江红》，热泪盈眶望昊空。
怒发冲冠因抱恨，精忠报国最称雄。
八千里路云和月，三万豪情德与功。
还我河山从所志，中华有梦古今同。

观李大钊纪念馆

少年敬仰起心中，如愿今观感大风。
长夜开萌燃火种，黎民遗恨泣英雄。
精忠报国平生梦，热血酬天旭日红。
渤海奔腾听不息，丰碑屹立寄无穷。

在全国政协北戴河培训中心学习感怀

云绽霞飞碧海边，八方汇聚近龙渊。
五洲风雨心中润，万载乾坤笔底旋。
献策为消民众虑，协商总把国情连。
满怀壮志时相寄，共绘神州这片天。

贺中华诗词学会第四次代表大会召开

东风已拂未来迟，万里神州发翠枝。
动地春雷惊岳起，开天景象引江驰。
传承古韵联珠曲，创意新篇缀玉诗。
盛世今逢吟者喜，满园硕果诗秋时。

战友重逢感怀

相忆青年志气雄,亲人泪眼送证鸿。
身披黑岭鹅毛雪,头顶沙河烈日穹。
常有音书催白雁,每将宿愿共丹枫。
今逢战友江边聚,又唱军歌嘹亮中。

咏林则徐

虎门一炬硝烟起,热血丹心四海名。
但为国家生死忘,岂因福祸去留行。
忠良贬放悲华夏,强盗疯狂掠紫荆。
每望金瓯东一缺,总怀君子大呼声。

纪念胡耀邦同志诞辰一百周年

少年怀志救民先,投笔从戎道义宣。
涉水翻山风雨度,抗倭驱蒋智勇全。
煦风化雪禾田绿,枯木逢春气象鲜。
长寐青嵩仍有梦,神州昌盛一生缘。

注:

"文化大革命"后,胡耀邦同志坚持实事求是,勇于开拓,在第一线指挥拨乱反正,解放思想,改革开放,平反重大冤假错案等一系列具有重大意义的工作。

贺环新集团合资成立二十周年

春秋二十荡情怀,堪赞宜城锦绣裁。
千翼飞鹏争越海,一花放艳喜登台。
道宽自有开山斧,厂盛全凭倚马才。
更上层楼新使命,扶摇万里昊宇开。

贺曙光集团新厂址新项目建成投产

十月明霞叠影来，宜城儿女笑颜开。
清风黄菊香江畔，丹桂红鹃绽岳台。
向宇雄心金翅展，奔程义气锦华裁。
宏图已绘豪情涌，捷报频传共举杯。

观电视剧《寻路》有感

茫茫黑夜冷森森，多少英灵苦探寻。
枪响南昌同唤醒，血流黄浦不消沉。
高山险峻呈雄略，大雪纷飞有赤心。
开拓农村红土地，武装割据路铺金。

全面深化改革有感

伟人南国信神奇,浩荡春风赤县吹。
蜀道疾穿千古路,浦江高布一盘棋。
欣看巨舰巡洋远,更有飞船绕月驰。
赞我山河无限美,层楼再上举红旗。

黄梅戏赞

绵绵山野绽琼葩,五彩缤纷耀国华。
仙女奇缘成绝唱,徽州故事感伤嗟。
香飘古皖萦心际,名震京城至海涯。
婉转清音传世代,欣看艺苑育新芽。

读《甲午殇思》系列报道有感

百载沧桑过眼匆,回思甲午感无穷。

潮腾东海鲸氛恶,日薄西山国运终。①

长技但能师敌寇,兴州自会出英雄。②

观今鉴古圆新梦,但让全球唱大风。

注:

①总结甲午战败原因是清王朝制度腐朽,国家缺失精神,军事战略短浅,军队衰败等。

②清朝洋务运动"师夷之长技以制夷"只在表面上学西方发展洋炮利舰,不在制度上进行改革;反观日本维新运动,从制度层面学习西方,从而国家富强。

中国梦赞

欣逢好梦放飞来,大地缤纷五彩开。

绿漫长江连海域,红燃岱岳接天台。

千枝迎旭蜂蝶舞,万众挥毫锦绣裁。

浩荡东风催奋进,神州处处响春雷。

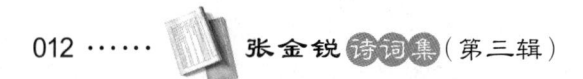

枞阳县白荡湖赞

烟波浩渺似连天，芦苇丛中满载船。
水碧粼粼翻雪浪，帆齐点点绽云莲。
浮山拔翠凌空立，渔父传歌绮梦圆。
昔日名湖留胜史，今朝大地谱新篇。

国庆六十五华诞颂歌

古国花妍涌馥风，雄狮啸吼振苍穹。
耕云播雨千山秀，辟地开天万象丰。
望岳松涛升朗月，横江雪浪炫长虹。
兴来高咏秋光美，喜我中华屹泰东。

贺省第十三届体育运动大会在我市召开

健儿四面涌潮来,十月宜城锦绣裁。
龙岭芳菲迎远客,皖江澎湃听惊雷。
强身砺志多能手,起凤腾蛟尽俊才。
更听黄梅声婉转,登高放眼百花开。

纪念抗战胜利七十周年

八年抗战史流芳,多少英雄血洒疆。
浩气能摧森鬼蜮,忠魂永护汉家乡。
长城墙屹齐心筑,渤海涛腾众志昂。
忧患兴邦千古训,枕戈磨剑国方强。

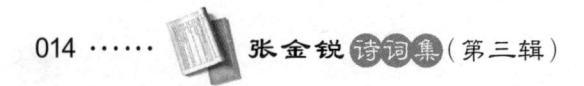

再上天柱峰有感

天柱巍峨向碧空,朝阳喷薄染霞红。
四时风景藏云际,千里江淮入梦中。
山道崎岖心要稳,林涛澎湃耳尤聪。
沧桑世事当轻看,旷达襟怀唱大风。

贺省政协十一届二次会议胜利召开

但任漫天白絮扬,红梅绽放映庐阳。
恰逢盛会迎新岁,更喜群英献妙方。
淮水兴波瞻远景,黄山吐翠换春妆。
东风展翅思高骞,大写中华每一章。

宿州赞

煌煌古国史如虹,灿灿群星耀碧空。
大泽揭竿犹猛士,中原逐鹿更英雄。
汴河勤奏迎春曲,灵石常歌创业功。
今日新风吹皖北,登高放眼景无穷。

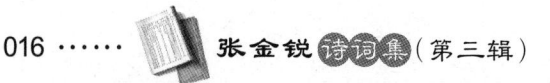

纪念抗战胜利六十九周年

饱阅沧桑几十秋,风云岁月一回眸。

柳条湖畔尸横野,扬子江中血染流。

淞沪炮轰"膏药"舰,太行弹击"将花"酋。

居安警惕群狼伺,利剑勤磨岂可收。

注:

柳条湖是沈阳"九一八"事变的发生地,我军在太行山击毙了日本的"名将之花"阿部规秀中将。

贺新疆建设兵团成立六十周年

上将挥兵垦大荒,铁流滚滚进西疆。

千军治漠开新壤,万里屯田种绿杨。

戈壁随心降甘雨,伊犁着意舞霓裳。

玉门关外春风涌,一统山河胜汉唐。

贺大别山区鄂豫皖省政协主席第三次联席会议在六安召开

大别山欢水有情,群英八面聚皋城。①
细商长计扶民困,共绘蓝图建业荣。
风雨同舟肝胆照,乾坤合力意神明。
老区各界怀宏愿,锦绣家园臻大成。

注:
①六安市也称皋城。

看廉政警示剧《平安是福》有感

夜深人静月如弓,难寐登楼望昊穹。
鱼釜忘恩缘未果,宦门失德梦成空。
回思万里征途艰,犹感半程险恶同。
明镜高悬当有鉴,平安是福寄由衷。

注:
此剧描写一位贫穷子弟经艰苦奋斗,政绩突出当了县长,后经不起诱惑,一步步走上贪污受贿犯罪之路。在监狱里经老母讲血泪史和组织教育,终于反省,喊出了"贪欲是祸,平安是福"!

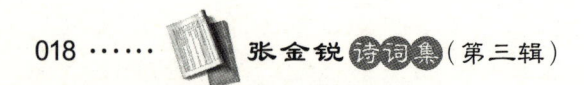

黄鹤楼寄怀

丹桂飘香绕此楼,烟云浮荡感悠悠。
神人碧落骑黄鹤,圣者江凫戏白鸥。
极目楚天霞绽彩,扬帆汉水浪催舟。
凭栏我欲乘风去,化作鲲鹏好壮游。

新年感怀

千红万紫迎元日,华夏图强梦正圆。
未忘国情思故史,常依民愿写新篇。
开来继往凭长策,反腐除贪举铁拳。
似锦前程鹏展翅,复兴重任在双肩。

浦江夜思

静坐冬宵久未眠,春秋往事展眸前。
南洋时起蛟腾浪,东岛频飞鳄吐涎。
浩浦流虹辉广厦,神州飘雪兆丰年。
同心亿万兴宏业,托起东方这片天。

深圳寄怀

伟人挥笔写鸿篇,弹指荒村旧貌迁。
似网长街连碧海,如林广厦矗蓝天。
但知百里皆神秀,且看一城均骋妍。
最是春风吹好梦,征途马跃更加鞭。

纪念辛亥革命一百周年

共和星火武昌燃,尽扫阴霾换地天。
浴血捐躯除帝制,披荆斩棘创尧年。
安邦但唱三民曲,治国应书一统篇。
继往开来心更壮,神州春暖百花妍。

六十抒怀

水碧山青一岁新,星移斗转六旬辰。
少年素有凌云志,不惑常行报国身。
品似莲花湖映月,情如天柱顶含春。
神州万里风光美,老骥长吟尽油尘。

自感

老马知途几秩秋,满怀壮志兴悠悠。
皖峰玉水随心转,宋韵唐风信口讴。
踏海扬帆浮一叶,登山执杖费千筹。
晚霞炫绮无穷美,万里飞鸥伴我游。

元宵节

新春喜气胜江潮,代代相传意自超。
北域争相包水饺,南疆最喜闹元宵。
高跷歌舞丰年喜,惠策民情胜景聊。
一片清明同乐共,连天志趣合云霄。

美丽新农村

白墙黛瓦小亭楼,傍水依山绿树幽。
风起禾苗翻碧浪,车行村道赴金瓯。
千年旧俗瞬间扫,百处乡情一日游。
笑语声声听不尽,时看鸟舞柳枝头。

雷锋颂

赤胆忠心报国身,无私奉献为人民。
螺钉形小精神贵,日记情长理想新。
艰苦作风传后代,光辉美德照芳春。
悠悠半世时间逝,仍听歌吟日月新。

我与诗词

（一）

知天命后拜唐诗，鬓满霜花未觉迟。
夜静潜心临古卷，露盈全力润新枝。
金风遣笔雕青竹，霁月陪吾踏赤墀。
墨浪连云吟不尽，情心达善即为师。

（二）

诗海追扬梦里风，看轻得失笑声中。
裁诗未抱遗珠憾，植圃常思绿岭红。
九宇云高听雪浪，八荒路远涉葱茏。
白头经惯尘间事，最是幽情寄昊空。

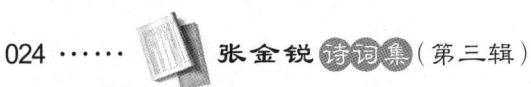

步韵和诗友缅怀粟裕大将

回思军史总关身,时听伟人夸战神。
七捷风云呈睿智,一山血雨换阳春。
淮河海峡功何逊? 帅印将星才未申。
莽莽神州忠魄在,永于天地共清真。

注:

指淮海战役可与英吉利海峡诺曼底战役相提并论。七战七捷,孟良崮战役都是粟裕指挥的经典战役。

陪老领导刘院长欢聚在怀宁新县城高河

高河欢聚共擎怀,满眼春光合剪裁。
昔日京城明宿愿,今朝故土起楼台。
闻君最恋凉亭雨,令我常思沪邑梅。
饮尽芳醪心未醉,欲随明月照天垓。

注:

老领导是怀宁凉亭乡人,当年在北京任职,积极促成怀宁新县城搬迁批准,现退休定居上海。新县城迁址十多年,刘老院长是第一次回乡。

步韵和友人《灌河吟》

天降瑶池秀色容,水生万象炫长空。
如林塔吊依云影,似网商街化彩虹。
百里禾苗翻碧浪,一城锦绣荡金风。
蛟龙得雨腾飞去,始信海西多伟功。

注:
此地古有海西国之称。

岳西县建立第一家精神病医院有感

穷山僻壤得春光,日暖当空泽惠芳。
千古爱心圆大梦,共挥椽笔写华章。

注:
残疾人,特别是精神残疾人是家庭致贫的重要原因之一。原规定精神病院须在市级设立,现改革探索在县一级设立,大大方便了治疗,也有利于脱贫。

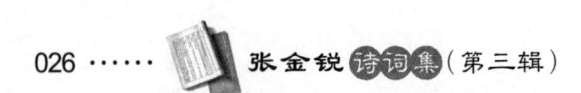

观沐阳之家感怀

喜看新苗沐煦光，龙山皖水涌花香。
春风自古情深重，德惠中华百代昌。

迎新年感怀

三羊开泰上蟾宫，激起金猴舞大风。
辞旧迎新飘瑞雪，沛然元气正无穷。

瞻仰包公祠有感

包公自古是尊神,香火千秋敬拜频。
铁面无私廉洁吏,今人多少胜前人?

"五一国际劳动节"有感

五月鲜花绽放红,万千劳者最英雄。
古今青史人民创,喜听中华唱大风。

江畔感怀

滚滚长江浪洗沙,英雄多少逝无涯。
登高放眼云天阔,纷涌峰头万丈霞。

读《崇武听涛》感怀

泱泱东海听涛声,激荡云空阵阵鸣。
漫卷风烟成浩气,安邦卫国古今情。

观南非大使馆赞外交官

红日蓝天映紫薇,青砖黛顶满芳菲。
炎黄儿女怀奇志,沧海弄潮共日晖。

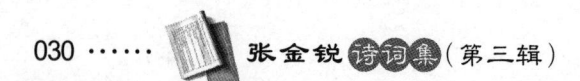

和王先生[①]

几度芳华几度秋,五千巾帼竞风流。[②]

犹言南国姑娘美,心系菱湖月满楼。

注:
①王先生是我市华茂集团总经理。
②华茂集团有五千多女职工,经济效益在全国纺织行业连续三十多年名列前茅,该集团总部坐落在菱湖公园畔。

清明祭缅先烈

朵朵鲜花着意开,纷纷献向雨花台。

弘扬英烈千秋志,华夏今朝锦绣裁。

赞杂交水稻之父袁隆平

沥血呕心几十秋，杂交水稻遍神州。
民能足食谁功德？君是中华第一流。

千名干部下企业帮扶赞

千名公仆下高楼，解困心连企业谋。
莫道书生无胆略，但凭贤智建宏猷。

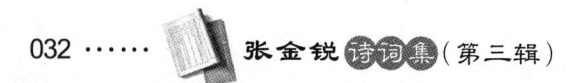

交警赞

春夏秋冬立路前，阴晴雨雪指挥传。
平安是福行人乐，微笑心同百姓连。

新闻工作者赞

笔走龙蛇几十年，呕心沥血写新篇。
文章为国尊民意，一注情深语更妍。

红梅赞

寒云酿雪漫天扬，大地茫茫裹素妆。
独立冰岩妍一点，迎风含笑报春芳。

春雪

冬夜读诗

窗下长吟李杜诗，青灯一盏夜迟迟。
莫言楼外风霜冷，心际春花绽满枝。

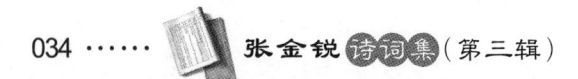

看央视播中俄海军联合军演有感

碧海无垠炫彩霞，联军演武驾飞槎。
军旗猎猎迎风展，同奏高歌起鼓笳。

写在南京青奥会倒计时一百天

玄武湖边圣火燃，钟山争放万花妍。
五洲同有青春梦，竞技鱼龙跃海天。

黄甲山区寄语

山岭蓝田玉万枝，茶香四溢喜心脾。
干群巨手挥椽笔，大写脱贫千卷诗。

诚信赞

千载难磨座右铭，为人诚信是真经。
齐家治国从根本，保我中华世代宁。

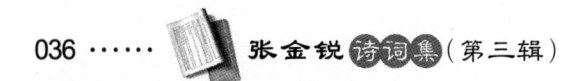

江心洲寄语

缘何太始立青洲，又似江心一叶舟。
浪拍千帆双侧过，几多志士写春秋。

杨善洲赞

志改荒山一老翁，躬耕原不患途穷。
忠魂化作及时雨，满目葱茏万岭红。

纪念全国政协成立六十五周年

广聚群英定国纲,巨人崛起立东方。
同舟共济经风雨,圆梦中华万里航。

"七一"颂

（一）
烟雨红船破浪航,神州处处沐春光。
征途已越千山险,圆梦今朝更自强。

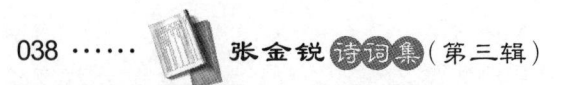

（二）
跃马横刀壮士雄,英魂血染党旗红。
铮铮誓语千年记,开拓新途再立功。

看《最美教师张丽莉》有感

耕耘默默小园丁，救死捐躯目未瞑。
大爱无疆谁比美，一花引发百花馨。

农民工

身疲力竭盖高楼，烈日寒霜未暇休。
人在工棚心系远，期儿校苑德才优。

咏 马

（一）

奋蹄驰骋未能休，盖世功勋不计酬。
何虑人间无伯乐，堪当大漠一雄遒。

（二）

一声呼啸任行空，飞越关山百万重。
自古神驹怀壮志，敢吞云梦浩填胸。

甲午感怀

回思甲午慨无穷，兴国强军大汉风。
冷对东夷掀恶浪，降魔利箭已张弓。

赠外地安庆商会诸乡友

八面群英聚会来，相帮互助出雄才。
创新处处开云路，诚信为基事事谐。

春登振风塔抒怀

健步登高放远眸，滔滔脚下大江流。
冲天一啸诗情壮，唤起潜龙万里游。

习马会有感

燃箕煮豆听倭歌，梦醒西安共举戈。
今日狮城习马会，明朝东海吟和多。

步友人韵《咏云梯关》

云锁云开海寇寒，一关雄踞胜峰峦。
沧桑岁月弹烟过，放眼神州昊宇蓝。

赞丝绸之路

黄河流九曲,大漠望苍茫。
几度通边塞,千年振汉唐。
丝绸珠玉贵,高贾骆驼忙。
今日开新境,铺金路正长。

参观红安县七里坪

龙眠水一湾,热血染红山。
长胜街头笑,无名石上斑。
铜锣敲响去,月镜照将还。
今日来凭吊,英魂缥缈间。

元旦抒怀

天清霾雾尽,元日竟高吟。
昨夜京华梦,今晨古岳音。
时怀游瀚海,岂羡守幽林?
仰首苍穹问,春风晓我心。

酷暑周末在家读书

酷暑热难除,清凉幸有庐。
香茗加李杜,此乐问谁如?

浣溪沙
贺宁安、京安高铁开通

大地龙飞带啸风,穿山越水合长空。春云秋雨共溟濛。
行旅无忧千岭远,省亲有幸八方融。须臾万里不夸功。

鹧鸪天
脱贫攻坚赞

号令传来世界惊,脱贫致富万村行。
支书宣策家家走,百姓寻谋处处听。
医病灶,灭灾萌,多条途径百行兴。
荒滩偏岭迎春暖,更听欢声含咏声。

鹧鸪天
赠到农村扶贫工作队员

立足偏村斗志坚,访民问计首当先。同心筑出康庄路,合力修成硕果川。

兴科技,施真传,脱贫致富创丰年。山欢水笑家家乐,十里清风伴凯旋。

鹧鸪天
贺猴年春节

难舍银羊记旧游,金猴急急又登楼。春生彩翼随心舞,笔聚祥烟着意酬。

承禹志,展宏猷,百川汇合泽神州。天开宝鉴听潮涌,万里奔腾立海头。

清平乐
重游天柱山

寒霜凛冽,万树飘红叶。如锦斑斓胜火烈,辉映山间玉阙。

重登千仞高峰,放眸沃野无穷。好共天风吟啸,层云荡我心胸。

鹧鸪天
纪念抗战胜利七十周年

嚣张倭寇下军麾,多少英雄泪雨飞。血溅金陵天震怒,刀挥燕岭地惊雷。

华夏土,汉家旗,长城雄立亦巍巍。不忘国耻圆新梦,不尽乾坤日月晖。

鹧鸪天
观纪念抗战胜利七十周年大阅兵感怀

举世凝眸望燕空,华衢百里五星红。山呼海啸声威壮,虎跃龙腾气势雄。

思昔逝,感今逢,旌旗高举慰先公。欣看华夏多豪杰,圆梦今朝唱大风。

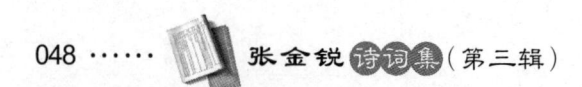

鹧鸪天
观大阅兵抗战老兵方阵有感

七十光阴鬓染霜,阅兵车上焕荣光。犹思阳堡机交荡,更忆台庄鬼首丧。

山挺秀,水流长,两军挥笔写华章。英风大节伟当代,铁马金戈护国疆。

水调歌头
观浔阳八里湖新区有感

几度访浔邑,每每喜胸怀。今秋乘兴寻览,湖碧向天开。浩渺银光闪烁,姹紫嫣红争艳,巢秀凤飞来。朱舫画廊走,高厦水中排。

依栏望,收眼底,似蓬莱。一方瑰宝雕刻,大笔显英才。山傍水生灵性,水倚山扬名气,美景问谁栽?浪涌江东去,豪杰不须猜。

鹧鸪天
夜　读

竹影星光入室中，银灯相伴读尤浓。行间起雨梨花洗，字里浮云心境融。

知今古，辨西东，人生岁月总留踪。不曾高饮随波荡，却醉清诗入梦中。

柳梢青
游橘子洲有感

独立芳洲，远峰高耸，湘水长流。草绿花繁，亭台依旧，岳麓来游。

遥思风雨春秋。对天啸，青年正求。已换江山，今朝华夏，再展鸿猷。

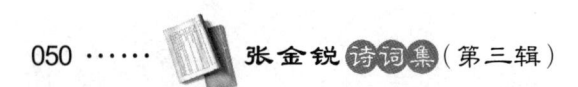

清平乐
人生感怀

水流不住,总让韶华去。莫慨人生风雨路,多少难关已度。

夕阳渐下苍穹,余晖犹共湖风。放眼蓝天碧海,引领春夏秋冬。

清平乐
伏夏晨练

鸡声唱晓,莫道君行早。得共晨曦湖畔绕,风景此时独好。

眼底柳翠花红,耳边笑语融融。一任汗流浃背,未停脚步匆匆。

蝶恋花
参观美丽乡村——杨亭赞

身立杨亭观画卷。绿树成荫,流水依山转。阡陌横连通道坦,白墙红瓦楼房建。

电脑冰箱房里满。曼舞轻歌,笑脸如花灿。真个桃源堪赞叹,一临此地精神焕。

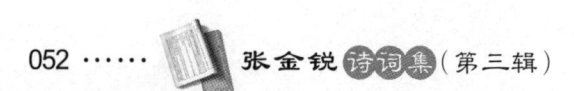

鹧鸪天
看红色回忆感怀

踏马风沙志不休,英雄仗剑挂吴钩。雪山草地迎铮骨,血雨腥风洗绿洲。

魔鬼恶,骏雄猷,中华代代赤心酬。遥知披挂请缨日,更把疆场壮举讴。

念奴娇
看1974年版《南征北战》电影有感

近日，无意打开电视怀旧剧场，正播放《南征北战》，心情非常激动，一气看完。看后，夜不能寐，联想当年我们部队协拍此电影的幕幕情景，思绪万千……

银屏画里，展英姿，难忘烽烟岁月。沂水蒙山鏖战急，挥洒青春热血。越岭攀崖，风餐露宿，壮士心如铁。一身豪气，军营挥写华页。

华夏要换新天，南征北战，滚滚车流接。逐鹿中原千里跃，敌寇灰飞烟灭。历尽艰辛，乾坤再造，岂许金瓯缺。弯弓砺剑，静听东海传捷。

芙蓉曲
学习习近平总书记《念奴娇》寄怀

春风送暖起箫韶，喜诵《念奴娇》。兰考梧桐新绿，黄河引水田浇。

亲民惠政，战天斗地，再领风骚。万众同心奋起，中华圆梦今朝。

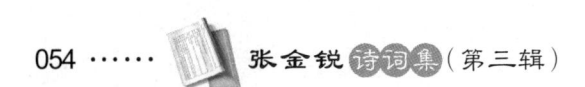

阳关曲
观森林灭火演习

三颗令弹破长空,迅集军民伏火龙。
迷烟散尽施甘雨,山色依然归翠浓。

浣溪沙
和省政协老领导欢聚国庆前夜

香满菱湖桂绽枝,金风送爽正当时,黄梅曲曲惹人迷。
灿放华灯迎贵客,频斟琼酒祝新词,同舟奋进永相知。

浪淘沙
咏 马

昂首势如龙,长啸生风。当年百战最先锋。浴血沙场歼敌寇,屡建奇功。

伏枥志犹雄,耿耿心忠。饮泉嚼草乐无穷。驰骋新途奔万里,掣电飞虹。

鹧鸪天
贺黄冈市荣获《中华诗词之市》授牌

日丽黄州十月天,揽辉争似昔人贤。大江雪涌怀千载,绝壁云横隐一仙。

新韵倡,古风传,豪吟辞赋笔如椽。但教往事随烟逝,畅写神州锦绣篇。

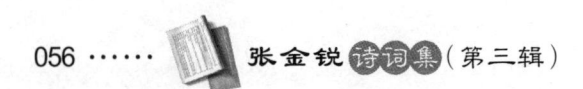

感悟篇

迎雪观许昌曹丞相府、春秋楼、灞陵桥有感

白雪飘飘漫许昌,难忘千载雨风狂。

追思煮酒英雄论,引望红楼秉烛光。①

相府三文招杰士,②建安七子赋华章。

回眸最是黄河水,淘尽沧桑向旭阳。

注:
①春秋红楼是当时曹操赏赐关羽的住宅,关羽在此楼夜读春秋。
②曹操当了丞相后,三年发了三次檄文,广招天下名人贤士。

到信阳感怀

西风飒飒伴车程,细雨绵绵一路迎。

大别山高听虎啸,①淮河水远泛舟行。②

馆中尚有春秋迹,城外犹闻子路声。③

满目湛然观不尽,更将绮梦入新晴。

注:
①该地是商城起义的发生地,鄂豫皖红色根据地的重要部分,是中原突围和刘邓大军挺进大别山的重要地区。
②红二十五军在此地进行长征,是其他红军长征的先锋队。
③该地也是孔子周游列国讲学的重要地方及子路问津处。

观黄梅戏《六尺巷》有感

名剧黄梅响耳旁,家风官德赞声扬。
一书礼让传千古,六尺墙宽便四方。
楷范因诗名永记,神州知史运兴昌。
今朝重唱群民乐,欣见当年治国郎。

鹧鸪坪有感

葱郁坪中满煦光,何由今日美名扬?
鹧飞故里云霞影,湖映青山烟水乡。
几许和谐增气象,更多锦绣籍辉煌。
野涯处处人称赞,今日清平百世昌。

参观红二十八军旧址纪念馆有感

青山抛下忆长绳,八秩沧桑脑海腾。
血雨腥风三载路,南瓜红薯一油灯。
凉亭坳下魔嚎灭,鹄落坪头赤帜升。
今日鲜花英烈祭,同心合力九州兴。

北戴河夜思

静坐更深久未眠,登楼听浪拍惊天。
犹闻魏武挥鞭咏,隐约秦皇拜海巅。
风雨沧桑燕赵史,波涛澎湃物华篇。
中华戮力圆新梦,今日风流胜古贤。

感悟篇

南阳夜感

南阳古邑慕名哉,雨后清风不染埃。
三顾茅庐扶社稷,一张狂草感埏垓。
心随碧浪连天涌,志铸精魂入史来。
沧海桑田今又换,山河锦绣任吾裁。

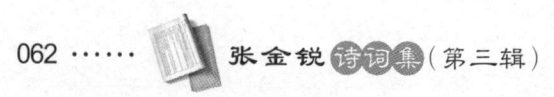

看新闻有感

今日君王明日臣，貌英难掩骨嶙峋。
澎台两届多留梦，燕赵三秋竞出新。
星暗星明由昊月，潮升潮落现龙鳞。
大洋浪卷污流去，唯有丹心代代真。

丙申年三八妇女节

犹能顶起半边天，自古英名巾帼传。
代父从军边戍勇，刺儿报国寸心贤。
桂英大破天门阵，秋瑾力追民主权。
莫论须眉和粉黛，共书史册万千篇。

观古田会议旧址感怀

八秩风云几度吟，乾坤万里入丹心。
救民水火思尧舜，许国河山展璧琛。
谁为神州又飞梦，我歌正气更成霖。
古今人爱瞻贤圣，最是东方合磬音。

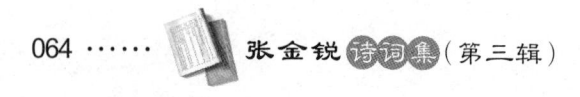

和诚根先生《观瑞金叶坪中央苏区政府机关旧址有感》

豪情每诵自拳拳,八秩春秋感万千。
樟树回思济民志,茅庐犹忆赞军篇。
休言体魄已消去,更觉心灵相复连。
多少风云望眼里,总期明月久团圆。

观南非先民纪念堂有感

青山高耸动灵光,铭刻当年岁月长。
廿七浮雕呈血泪,一轮光束共辉煌。①
每思举剑豪情逞,再忆挥枪捷报扬。②
纵览峥嵘风雨史,强军兴国写华章。

注:
①廿七浮雕、一轮光束都是纪念堂的重要景点。
②当年荷兰人五百余人用枪炮打败了拿着剑、矛的当地黑人一万五千多人,无一死亡,创造了南非历史上最著名的"血河战役"。

立好望角有感

身临好望角山峰,无限风光畅入胸。

游客滩前闻号讯,企鹅水面戏鱼龙。

帆扬点点红霞涌,海起涛涛雪浪重。

识得魔云防鬼雨,雄狮昂首日彤彤。

注:
①游客滩、企鹅滩、魔鬼峰、狮头峰都是好望角保护区重要景点。
②据导游介绍:魔鬼峰上若有乌云,天气瞬间狂风暴雨。

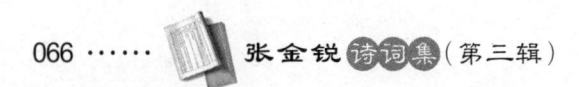

非洲归来感怀

劈波踏浪越重洋,远渡归来感悟长。
求胜岂能唯勇猛,惜输才识缺刀枪。①
绿原莽莽驱迷雾,碧海苍苍耀旭阳。
再诗时光年几十,康庄大道炫金芒。

注:
①泛指先进装备和科学进步。

严冬感怀

凋零万木雪沉沉,松影梅姿待探寻。
悦耳溪声何处觅,萦怀春色几时临?
每思山水随心涉,最爱辞章信口吟。
唤醒花魂催燕子,漫听古皖响新音。

秋夜有感

黄叶飘萧又入秋,徘徊小苑意稠稠。
人生梦似过驹隙,世界观如演戏楼。
月共心神萦旧宅,灯辉笔墨写新猷。
风云变幻沧波上,人踏惊涛一叶舟。

看《徽州往事》有感

往事悠悠在古州,飘摇乱世几多忧。
光光木首埋新墓,小小罗盘报死囚。
匪恶强侵无聚乐,官横逼迫有离愁。
今逢盛世民为贵,国运安宁志可酬。

"七夕"有感

遥念星空岁月流,情缘应是系神州。
嫦娥每悔偷灵药,织女常怅锁绣楼。
忽听雷音传捷报,竟从银汉渡飞舟。
人间只盼归来早,莫在天宫万古愁。

乌克兰"橙色革命"有感

最近,乌克兰法制国家政权被又次"橙色革命"所取代,联想到苏联的解体,感触很多……

"橙色"妖风又复狂,政权几日竟消亡。
"宣言"恰是欺人戏,"民主"偏成沸镬汤。
左右倾摇堪自毙,夕朝变化必先殇。
深思铭记邻邦史,牢举红旗写锦章。

观东坡赤壁有感

阳光明媚至黄州，赤壁矶头感慨稠。
二赋雄章传万众，一词神韵醉千秋。
诗人每有听涛乐，志士长存为国忧。
不尽大江东去也，茫茫无际共天悠。

访黄公望旧居有感

细雨绵绵访绿洲，小桥流水碧幽幽。
高峰遥望云踪杳，古屋犹存墨迹遒。
巨画曾闻分两岸，归心有诗接千舟。
炎黄血脉浓于水，同绘丹青万古秋。

赏　春

春风又绿水边枝，漫步莲湖日丽时。
柳色青浓疑翡翠，桃花红艳胜胭脂。
鸣莺着意求新友，飞燕痴情觅故知。
芳泾洢洄看不足，一声笑语一声诗。

乙未年末感怀

峻岭高高接地天，江涛滚滚竞争先。
春来归燕穿飞絮，夏至鸣蛙惊睡莲。
丹桂初开香沃野，雪花纷降兆丰年。
四时佳景朝朝过，畅写新章笔似椽。

观开封府感怀

为官当数宋龙图,天下扬名盖世无。
扶正驱邪匡大义,爱民施善有良谟。
功垂史册影虽远,碑立人心德未孤。
昔日清刚难渺矣,今朝争效向新途。

老领导三年三篇大作有感

瑶篇细品悦心神,唇齿留香似饮醇。
养浩文章皆俊雅,垂精言论尽奇珍。
纵观宦海随风远,转借书舟破浪巡。
一任霜寒坚晚节,老枝放蕊又新春。

注:

老领导提前让贤后,三年著书三本,百万多字,有的已拍成电视连续剧,本人敬佩不已。

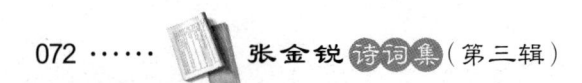

再看电视剧《亮剑》感怀

叱咤风云跃马昂,驱狼斩虎锦旗扬。
枪林弹雨由生死,地冻天寒任雪霜。
沥沥丹心匡正义,铮铮铁骨显阳刚。
一生亮剑精神在,铸我军魂祖国昌。

看《红楼梦》感

一本红楼感世浮,几多风雨动人愁。
荣华看破心襟旷,笔向苍凉尽可收。

步韵和诚根先生参观建宁红一方面军领导机关毛泽东、朱德旧居

几多热血感苍天,变幻风云忆昔年。
犹感伟人今健在,心思华夏夜无眠。

观古田会议旧址感怀

雨后新风绿古田,菜花灼灼笑人前。
长空何故霞裳舞?喜有光辉照万年。

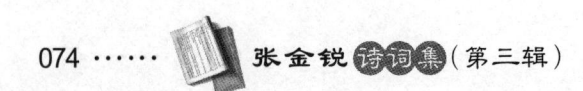

礼 花

七彩缤纷绽碧空,千姿百态幻无穷。
莫嫌璀璨弹间逝,余韵长留望眼中。

观《孟姜女》有感

千里寻夫百代传,水能覆舟也行船。
长城血泪今犹在,融入诗词百万篇。

赞好望角

碧海蓝天沐日辉,轻舟一叶劈波飞。

笑随浩海惊涛卷,我做中流砥柱巍。

"二月二"有感

春生暖色绿晴空,龙首高抬起俊雄。
华夏儿孙应戮力,图强圆梦建丰功。

观天一阁感怀

宁波天一阁是亚洲第一,世界现存最古老的三座私人藏书楼之一。

举世人称第一楼,藏书万卷历春秋。
登临更是长观览,思涌如泉汇海流。

汨罗怀古

汨罗浩浩向东长,屈子贤名万古香。
角黍尝时榴正艳,几多诗赋纪端阳。

观岳王庙有感

悲歌一曲满江红,千载流传孝与忠。
西子湖边瞻庙宇,苍松翠柏共英风。

观南阳武侯祠感怀

欣得古琴迎，心潮逐浪声。
祁山何伐出？蜀相怎偷生。
多少忠君事，春秋赤胆情。
卧龙庄上月，照我路途明。

观客家祖地三明石壁有感

追梦客家悠，千年五渡舟。
烽烟连闽地，家信接中秋。
常寄兴华志，犹将盛世酬。
春风今又拂，唱响海之头。

观红军长征出发地于都有感

又见红飘带,豪情竞涌来。
每思忠胆热,常把远谋裁。
歌管随心荡,繁花着意开。
和风生暖翠,合力上春台。

轻车赴赣南感怀

细雨润山峦,车随路屈盘。
苍崖闻俚曲,幽峡见云冠。
鸟唱繁枝绿,石听流水澜。
初春风景好,触目尽成欢。

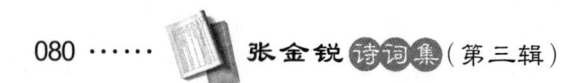

夜读有感

竹影映青墙,银灯伴夜凉。
鸟声含露湿,春意酿花香。
人向书山近,情融笔墨长。
隔窗遥问月,可否共清光?

鹧鸪天
观许昌灞陵桥关公祠感怀

大意荆州折宝刀,可怜天不佑英豪。曾经飞马诛骁将,更有安神拒艳娇。

桃园树,灞陵桥,重情守信古今昭。吾来同感千年叹,仍听黄河掀怒涛。

水龙吟
立山海关感怀

龙蟠万里神州地,称第一,中流砥。高墙靖虏,当年鏖战,金戈铁骑。秦帝东巡,曹侯鞭指,袁公殚瘁。问沧桑逝去,茫茫宇际,谁人咏,英雄史?

转瞬春秋即逝,骋怀吟,几多载记。延安炮火,拨云驱雾,东方霞紫。南海春潮,跌浪汹涌,潜龙腾起。诗今朝看我,中华盛世人陶醉。

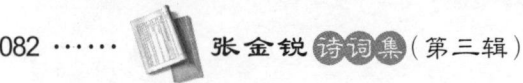

柳梢青
立天柱山感怀

独立陵空,横眸四野,浩瀚无穷。日启长江,云浮群岭,梅绽青丛。

深沟幽峡藏龙。看苍鸟,盘旋绝峰。翅展征途,注来八极,任尔何风。

鹧鸪天
观潜山县野寨中学抗日阵亡将士陵园有感[①]

这是全国唯一因陵园并建而闻名的重点中学,该抗日将士陵园由中学保护并建在校园内。

天柱巍巍翠柏妍,皖河不息史诗传。英雄血染松江水,倭寇魂飞大别山。

头颅舍,弹痕穿,忠心卫国胜先贤。铮铮铁骨黉门祭,浩气长存千万年。

注:

①园内安放原国军一七六师(十九路军解散后改编的部队)抗日将士九百八十五名骸骨,该师两次参加淞沪会战,后又转战大别山区。

鹧鸪天
台儿庄大捷有感

忆得庄前炮火浓,英雄血肉筑高峰。残垣断壁悲情诉,怒剑横空胆色雄。

惊大地,感苍穹,春秋七秩祭江东。昔时浩气今犹在,一曲笙歌唱大风。

鹧鸪天
观炎帝故里感怀

炎帝神农壮志酬,文明肇始盛神州。悬壶治病寻仙草,耕谷植桑共布裘。

江水碧,烈山幽,中华始祖万人讴。寻根谒古圆新梦,堪比长天浩不收。

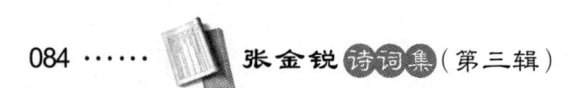

鹧鸪天
观隆中有感

叠翠层峦万象丰，阳光普照古桥东。隆中牌坊观三顾，诸葛茅庐出一雄。

征南北，虏西东，拓疆兴汉建丰功。观星台上遥空伫，只听琴声荡苍穹。

如梦令
观舞阳县贾湖遗址出土八千年前七个象形符号和竹笛有感

七字临风高立，符号飘然神逸。近万载风云，竹笛悠悠音激。奇迹，奇迹，华夏文明谁敌？

定风波
暮秋立振风塔迎江寺有感

乘兴登楼望昊空,俯观塔影映江中。百舸争流东逝水,风起,潮升潮落数天公。

又听寺钟穿石响,音朗,青烟袅袅化丹虹。期待明朝冬雪后,梅秀,漫山红艳倚松峰。

减字木兰花
红色于都感怀

贡江波涌,四面青山云雾笼。风雨春秋,物态人情又一州。

于都歌久,和暖清风欣拂柳。梦里常思,心与苍穹总共齐。

霜天晓角
独秀墓

龙山四顾,烈魄归何处?铜像玉碑竦立,真理刻,撑天柱。

百年风卷雨,岁华皆已故。唯有苍松翠柏,更茂盛,春长驻。

踏莎行
赴非洲经贸考察感怀

浩浩银波,绵绵碧崮,大鹏万里重洋渡。郑和注岁赠绸纱,吾生今日栽桐树。①

人类摇篮,神州情愫,东风吹拂群芳吐。中华四海一家亲,全球繁茂春常驻。

注:

①我市企业在非洲有合作项目,这次去考察,要进一步扩大投资,加强合作。

浣溪沙
观大乔小乔电视剧有感

铜雀深宫锁二乔,曹公横槊自称豪。周郎奇计破天骄。

可叹英雄偏早殒,堪怜红粉亦香消。大江东去感滔滔。

水调歌头
参观南非感怀

约堡才欣赏,又沐普敦风。①百年半岛烟雨,曾记锁虬龙。登陆滩头浪卷,铁炮营前气壮,冲破雾重重。烽火接天地,奋斗有英雄。

海潮涌,丛林吼,曙光红。狮山昂首,魔鬼峰下变葱茏。②独立两洋交汇,金闪五洲辉映,世界正相通。但愿同发展,天下共霞虹。

注:

①约翰内斯堡是南非的经济、金融中心;开普敦是南非的首座城市,立法首都。

①登陆滩、铁炮营、狮头峰、魔鬼峰等都是南非著名景点。罗宾小岛关押南非著名黑人领袖曼德拉几十年。

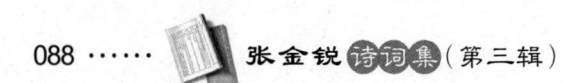

蝶恋花
观南非风情有感

浩海狂澜舟可渡。雨后晴晖,一览皆瑶圃。碧草繁花芳竞吐,珍禽异兽相欢舞。

望角峰头观广宇。壮我胸襟,拍岸涛声怒。回首茫茫东亚渚,家山却在云深处。

长相思
咸宁感怀

（一）

杏花香，桂花香，诗赋声中共艳阳。桃源此地藏。

湖水长，泉水长，真味甘甜慢品尝。心清思不忘。

（二）

山也幽，地也幽，赤壁烽烟难已休。双乔佳话留。

湖长流，江长流，绝唱东坡谁可俦？涛声万古讴。

虞美人
看电视剧《父母爱情》有感

人生每叹多磨折，云掩华清月。寸心不变苦追寻，哪怕风吹浪打雨沉沉。

莫看孤岛红花少，绿苑常欢笑。情舟半世尚逍遥，恰似夕阳山色也多娇。

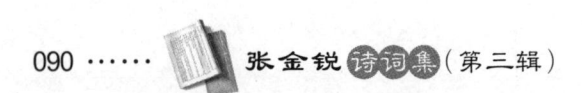

采桑子
瞻仰麻城起义纪念馆有感

犹闻号角枪声响,起义黄麻。起义黄麻,扫却乌云化彩霞。

今朝瞻谒英魂祭,献上心花。献上心花,总是追怀感叹嗟。

鹧鸪天
参观红安县有感

大别山高赤帜扬,铜锣响起举刀枪。英雄儿女当相守,罹难河山欲自强。

驰铁骑,战沙场,一腔热血洒他乡。已教日月新天换,红土花繁处处香。

一剪梅
咏 春

一夜东风绿满冈,山里芬芳,湖畔芬芳。碧霄无际漾和光。潮涌长江,舟满长江。

又是家家燕子忙,莺声飞扬,笑语飞扬。山川如画舞霓裳。畅写华章,高唱华章。

隨想篇

观今冬又下大雪有感

天飞玉蝶自玲珑,放眼江南更与同。
径入松湖情亦远,竹依梅影韵无穷。
一宵合唱龙山曲,满耳频听凤水风。
正是丰年多瑞雪,祥和无限宇寰中。

注：
龙山凤水是我市打造的重要旅游景点。

参观盱眙有感

山重水复信步游,江淮景色满眸收。
丹青两岸明珠灿,诗韵十峰铁寺幽。
览胜都梁泉赏月,寻根帝祖浪吟鸥。
云烟千载桑田换,喜看明朝再上楼。

襄阳感怀

碧环古邑染青川,久慕来观信有缘。
放眼隆中卿宛在,回眸水镜计依然。
千年春雨荣城堡,万缕秋风颂圣贤。
一览古今忠烈史,多将新梦寄江天。

到台州温州参观考察后有感

一路风光一路妍,一江青翠一江烟。
眼前弯道峰间绕,海上飞舟浪里穿。
畅写东瓯豪迈画,高吟南岳激情篇。
谁言春暮时光短,不碍此时明月圆。

观山海关有感

万里长城屹九州,雄关第一砥中流。
高墙靖虏抒豪志,海阔飞涛入远谋。
李闯骄奢丢大业,吴三怒叛为青楼。
秦皇魏武云烟逝,但看今朝展壮猷。

厦门之夜有感

子夜难眠倚玉栏,声声海浪拍沙滩。
潮升潮落倾心听,星暗星明举目看。
望月迎风观岛渺,吟诗煮酒赞天宽。
但将吉语酬知己,一任瑶琴着意弹。

咏重阳

黄花遍地又重阳,兴致登楼共日光。
满眼飘飘银絮白,一襟馥馥果园香。
诗吟燕赵尤怀想,意写江湖任抑扬。
绮丽风光人易醉,带回锦绣入华章。

观油菜花有感

东风和煦引吾来，一片金黄带露开。
着意田畴生绮梦，萦心山水寄春台。
繁枝汇景成香浪，硕籽随风露笑腮。
未入群芳宗族谱，世人犹喜不须猜。

看《蝶舞翩跹》照片有感

宛若晴霞铺水边，穿花蝴蝶影翩翩。
化为倩女终圆梦，奏出霓裳乐做仙。
山骨清明河里缘，天鹅洁白树中妍。
此间春色须分我，带到家乡种砚田。

漫步皖江公园

气爽天高过画楼,桂香阵阵涌青洲。

和风吹处心神醉,明月圆时清影游。

绿树荫成围石柱,① 黄梅曲婉唱金秋。②

宜城处处风光美,应让诗情笔底收。

注:
①公园屹有十二根石柱,刻有安庆及十一个县(市)区的著名风景。
②公园内建有黄梅戏馆。

和古人落花诗

（一）

篱下难寻晓日春，小园摇落感清贫。
残红霜打飘无力，秀色风摧恨不仁。
高处孤寒何吐蕊，夕阳余热黯伤神。
韶光悄逝惊回首，错认菱花雪发人。

（二）

大江东去浪悠悠，纷谢春华雪满头。
花落难离龙岭土，晖铺犹恋皖河流。
一腔热血融红雨，万缕幽香接玉钩。
总爱昔贤留好句，连篇和韵解千愁。

（三）

花开花落只须臾，流逝韶光问有无。
嫩叶初成枝曳绿，娇颜悄改水摇朱。
寻芳已渺何愁客，怀友感伤堪别夫。
代谢新陈如物理，任随草木共荣枯。

（四）

一夜秋风信几时，清晨满眼露珠儿。
抒怀总遂苍天意，立世休填欲壑私。
褪去红妆繁果摘，重回绿野惠恩施。
莫愁林囿风萧索，且等春光拂柳丝。

（五）

天道循环岁岁中，几番秋雨几秋风。
才观树茂牵园碧，又喜花香带日红。
翠苑寻芳难再得，紫箫吹梦总成空。
堪怜国色归泥土，唯见溪流水向东。

（六）

尚记群芳艳色真，千姿百态展精神。
牡丹曾傲王侯贵，蝴蝶来寻苑囿春。
最喜霞晴铺锦绣，却愁花谢落风尘。
总期日月长年暖，把酒欣为画里人。

（七）

风和日丽淡云横，紫燕飞来剪水轻。
细柳临波初弄影，奇花满苑不知名。
落英已惜堆三径，乱絮还嗟遍一城。
无奈春归留不住，唯吟诗句酒杯盈。

（八）

柳絮飞扬喜放晴，阳光明媚草新生。
常来野外寻芳去，更向湖中打桨行。
香溢小园迷彩蝶，枝繁高树宿雏莺。
谁知寒雨萧萧下，月隐花凋影不明。

（九）

一夜西风叶卷栏，枝疏花瘦露珠团。
朱颜未老心先瘁，夜雨虽轻雾已漫。
有意寻芳偏值晚，无缘会面怎成欢？

但期梅蕊凌寒放,伴我清吟韵可安。

（十）

落尽春华色是空,佳人千古恨相同。
但愁秋夜绵绵雨,也怯冬晨凛凛风。
彩笔诗添新样墨,靓妆多忆昔时红。
吟成诗句芳魂里,一缕幽情梦幻中。

采 茶

巧摘青芽露未晞,姑娘竹篓满朝晖。
听风树上传莺语,留影溪中绕翠微。
脸似桃花红带粉,腰如杨柳绿沾衣。
今朝有梦家家富,一路春风载笑归。

扬州瘦西湖寄怀

常于三月下扬州,烂漫繁花入我眸。
曲苑和风撩细柳,瘦湖碧水逗轻舟。
平山堂有贤臣迹,廿四桥留墨客讴。
今日回思千古事,诗情高涨胜江流。

寒梅花开

风雪交加笑靥开,苑中初放数枝梅。
幽香脉脉含琼蕊,倩影亭亭映月台。
观景随心行曲径,卷风着意扫苍苔。
多情已把春先报,好让千红结伴来。

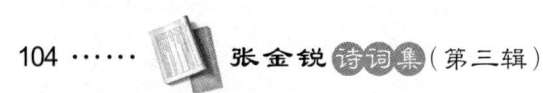

听曼哈顿来历①

印第安人后悔迟,原来珍宝是玻璃。
莫言此地才千尺,可叹小球抵万畦。
指鹿奇闻悲诡诈,捕蝉后事笑英夷。
当年宝物藏何处?伪造明珠告世知。

注:

①曼哈顿是印第安语非常后悔之意,当年英国人用相当于25美元的玻璃球诈称"珍宝"换取印第安人这块宝地。曼哈顿现在是美国、也是世界最繁华的地区之一。

敬亭山怀古

满山苍翠水温柔,每引骚人尽兴游。
湖里老梅常泛棹,塔前小谢早登楼。
云翻箫管听莺语,星入银涛汇涧流。
可叹谪仙今不在,我来吟唱有谁酬?

游 大 理

一曲情歌半世流，几多靓影入双眸。

临泉花上追蝴蝶，登塔窗前感早秋。①

洱海月环朱舫角，苍山云绽玉峰头。

人间仙境宜多醉，梦里情丝也在游。

注：

①泉指蝴蝶泉，塔是崇圣寺三塔。

游花亭湖①

扁舟一叶泛湖中，但看波翻浪涌风。

北燕如云涛落雪，山鹰似箭谷为弓。

仙翁犹系中华梦，②饮者长存梓里盅。

恨水常常连大野，③冰心共月贯青空。

注：

①花亭湖坐落在安庆市太湖县，是国家级风景名胜区。

②仙翁赵朴初是太湖县人。

③张恨水是安庆市太湖县旁的潜山县人。

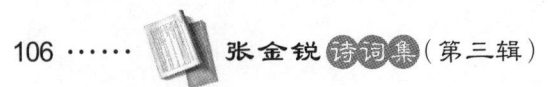

老友在国外过年

别离故土意尤浓,遥拜东方梦未空。
心涌家乡春圃绿,眼浮老宅对联红。
唐人街上寻年味,宋津书中共古风。
归思全将题作赋,几多佳句慰深衷。

城市过年

子夜欢情别样浓,霓虹炫目耀长空。
歌扬狮舞千人乐,花灿车连九野红。
友聚厅中谈股市,妻依窗口剪梅风。
几多热酒倾心愿,盛世清平寄福衷。

农村过年

山村年味正浓浓,爆竹声声炫昊空。
腊肉灯笼连屋影,串椒联对映颜红。
满斟米酒迎亲客,欣唱黄梅共煦风。
盆火熊熊谈乐事,雄鸡报晓唱和衷。

老牛自嘲

耕耘默默在荒滩,负重前行嚼草欢,
可叹常常闲客扰,瑶琴子夜对吾弹。

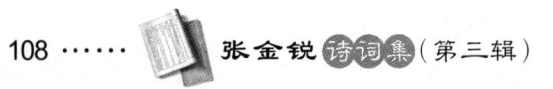

观山谷流泉摩崖石刻园有感

皖城寺外月幽思,千载风流映碧池。
历代骚人难咏尽,还听溪水荡豪诗。

鹞落坪之夜

（一）

天堂初夏竞芳菲，鹞落坪宵梦几回。

欲在苍穹吟恋曲，也随皎月笑微微。

（二）

醉意朦胧人影斜，一轮明月照芳华。

青山凝听缠绵曲，更谴轻烟裁碧纱。

（三）

鹞落坪宵入画中，葱林灯火映溪红。

仰头遥问星和月，瑶阁人间何不同？

观襄阳南阳武侯祠对联有感

（一）

休争属宛襄，庐有韵流芳。

同读隆中对，心中共放光。

（二）

卧龙岗上武侯昂，千载风云论短长。

但看草庐今兴盛，两阳共耀放光芒。

和诚根先生《观香格里拉藏族民间歌舞》

（一）
霓虹闪烁炫瑶池，靓女彪男赛舞姿。
天籁之音清肺腑，骚人沉醉已忘饥。

（二）
曲曲妙音飞九霄，纷来游客乐逍遥。
青稞酒助锅庄舞，如在天堂奉玉瑶。

（三）
天堂秀色竞妖娆，丽我神州胜舜尧。
吾辈齐心同戮力，圆成好梦诗明朝。

观香格里拉普达措国家公园随感

云冷双杉刺破空，[①]千年风雨在心中。
莫言身影湖间腐，[②]化作乌金更盛丰。

注：
①普达措国家公园主要有云杉、冷杉两种杉树，高大挺拔，直上天空。
②千年的大杉树由于湖水的浸湿，不断地倒入湖中……

丽江古城

（一）

雪山日照化清泉，流遍全城云水连。

绮丽风光游客乐，人天合一意绵绵。

（二）

玉泉萦绕木楼前，杨柳青青百卉妍。

鼓乐笙歌倾我耳，此时人醉恍如仙。

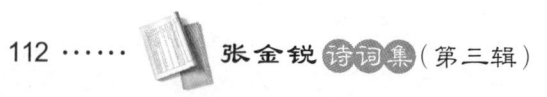

蝶泉情歌

（一）

蝴蝶泉边趣事多，金花叠叠柳婆娑。

无垠洱海清波荡，听得涛声似唤哥。

（二）

大理初秋露未凉，苍山风暖送清香。

金花梳发传情意，胜过蓝蓝洱海长。

（三）

蝴蝶泉边草帽街，金花闲步约朋侪。

青丝长发宜遮盖，只等阿鹏摘帽来。[①]

（四）

蝴蝶泉边月色娇，金花五朵竞妖娆。

阿哥千里来寻觅，凤尾林旁玉手招。

注：

① 金花、阿鹏哥为大理白族人分别对女子和男子的称呼。

乘机赴非洲途中感怀

（一）

十载风云鬓渐秋,①得还宿愿访非洲。

踏波激浪心飞荡,无限风情眼底收。

（二）

寻祖追根溯万秋,②茫茫沧海驾飞舟。

人间多少梦时事,曲径通幽待探求。

注：
①10年前,已买好飞南非的机票,因迎接创建检查而未成行。
②南非、肯尼亚都是人类发源地之一。

登桌山遇云雾有感

匆匆峰顶怯流连,雾重风寒美景湮。

倘许瑶池神扇借,尽挥云翳览山川。

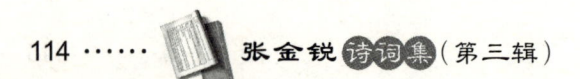

品茶吟诗曲

书卷频翻小桌前,吟诗索典趣无边。

香茗一盏长相伴,心似卢仝欲化仙。①

注:

①唐人卢仝作茶歌,称饮茶至七碗,就有飘飘欲仙之感。

西安夜思

更深伫立望长空,犹忆秦时马踏风。

明月千秋晖不改,神州崛起尽英雄。

看《王昭君》有感

青冢缘何豁眼明？琵琶千载尚留声。
和亲胡汉传佳话，人拜高陵草色荣。

岳西品茗赞

（一）
三月春风拂岭头，翠兰遍野碧油油。
茗香未品心先醉，乐在云山漫步游。

（二）
一杯袅袅起云烟，乍放兰花水底妍。
几许怡心出天巧，如珠似玉绿樽前。

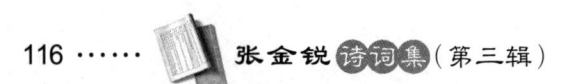

夜夜新妆待晓明

一望湖波镜面平,年年与月共盈盈。
嫦娥愿被人间赏,夜夜新妆接晓明。

迎江寺大肚笑佛

笑口常开百世修,风云变幻眼中收。
和颜不老胸怀旷,任没长江滚滚流。

咏陶渊明

东篱采菊意悠悠,千古桃源梦尚留。
岂可折腰求五斗,南山高卧胜封侯。

观世界杯足球赛有感

(一)
小小球圆草上飞,潮掀四海荡心扉。
观人胜负添忧虑,国足何年振我威?

(二)
绿场时闻爆冷球,风云难测岂人谋。
由来名将无长胜,世事如棋变不休。

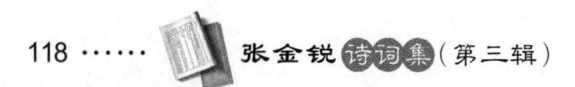

山村秋夜有感

星辉伴听水流哗,遥望灯明有几家?
儿女他乡归未得,旧居老树盼新花。

迎雪行

拂晓银花遍野开,形如粉蝶漫飞来。
由来天厥霓裳冷,人却怜梅上玉台。

月夜漫步

月下莲湖漫步游,轻吟小曲夜空幽。
远离街市波光静,静享清风合一流。

夜来香

枝影香飘韵更浓,不招蜂蝶绽从容。
缘何偏喜幽深夜,一种孤清报素封。

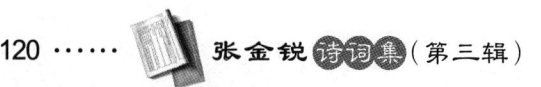

游菱湖公园

枝影飘香绕榭台,西风林下盼梅开。
多情最是湖中月,又洒清辉遣梦来。

夜　醉

濛濛雨雾隐星河,酒醉胸怀涌大波。
本欲早眠期好梦,却将诗意化高歌。

登武当山金殿

登高纵览碧山川,万顷烟云拂袖边。
妙道无穷谁悟透,多凭诗句记尘缘。

登昆明金殿

崇山峻岭郁葱葱,人共苍松引大风。
着意登高尘不染,遥听钟鼓悟无穷。

听春雨

春雨绵绵夜更长,相思一缕寄何方?
悲来徒有萦心泪,伴我低吟入梦乡。

春 游

春风荡水小船摇,雨后垂杨柔且娇。
一曲箫声传更远,又听百鸟唱歌谣。

春 歌

独棹轻舟荡碧波,东风戏柳舞婆娑。
几番高咏春光美,紫燕欣来对浩歌。

大雪赏梅有感

瑞雪净尘埃,红妆玉底裁。
疏斜连紫陌,清绝叠春台。
赏久笔生韵,吟长月满杯。
平分宜共影,一任煦光来。

大白菜

百姓家常菜,天宜老少尝。
修身能入味,与世作成汤。
幽意寒中贮,初心底处藏。
但期朝夕有,不虑问钱囊?

观官庄有感

河满水潺潺,山村绿色涟。
花间飞彩蝶,亭畔刻朱联。
古树千秋雨,同堂五世缘。
如今年景富,捧酒酒如泉。

游岳西有感

翠岭挂清泉,白云映杜鹃。
风摇知竹动,雨润看茶妍。
揽尽明堂韵,寻奇妙道缘。
谁弹湖月曲?牵梦画中船。

观成都武侯祠有感

竹泾古松迎，心潮逐浪声。
祁山争汉玺，羽扇乱曹营。
尽瘁酬三顾，精忠感万庚。
追思静无语，多少缅怀生。

观龙岩有感

长岩已化龙，睛点势腾空。
煦日绛纱照，清江紫气笼。
鸟鸣惊泽露，客至赏香红。
闽地多时雨，人间起暖风。

咏桂

亭亭园里桂，露滴散芬芳。
叶叠层层碧，花繁点点黄。
妆秋风蔼蔼，秉烛影煌煌。
更待月圆好，流连细品尝。

咏菊

西风送冷霜，菊蕊正飘香。
品质千秋洁，容颜九月黄。
坚贞同古柏，高雅傲群芳。
最是渊明爱，东篱醉夕阳。

春登振风塔

迎春上塔楼,放眼大江流。
古岳晴晖丽,芳洲碧色柔。
人耕遍阡陌,语笑荡田畴。
新岁昭苏日,诗囊锦绣收。

仲春曲

香风山上舞,紫雀树间鸣。
霞共繁花笑,船随曲水行。
金波生雪态,月影带箫声。
至此舒怀阔,横生缕缕情。

痴情乐

暮年志尚雄,梦绮夕阳红。
长以诗为乐,情随李杜公。

雪后感

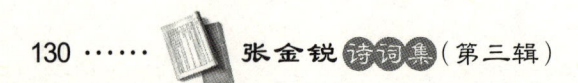

踏雪河桥上,迎风水榭前。
宵深思绪起,月共万家圆。

柳梢青
到菱湖公园严凤英纪念馆凭吊

悄过虹桥，疏枝零叶，已寂兰桡。凭吊遗踪，荷残水冷，黯黯魂销。

亭亭仙女昭昭，听音婉，清飘九霄。遥望云天，迢迢银汉，泪雨成涛。

虞美人
观潆河有感

情牵梦绕何方去？正向潆河处。清风细浪泛兰船，翠带绵绵，游客任流连。

玉桥古事今犹在，豪杰多慷慨。问君能否忆春秋？岁月悠悠，绮梦寄神州。

如梦令
七夕夜感

月夜牛郎心远,织女云楼幽怨。难锁那相思,清影眸前浮现。魂幻,魂幻,期得天天会面?

摊破浣溪沙
厦门望台

子夜难眠独倚栏,谁传凄婉动心弦。骨肉离愁肠欲断,恨苍天。

怅绪绵绵融碧海,亲情脉脉寄红鸾。多少相思遥问月,几时圆?

行香子
乙未中秋感怀

岁岁年年,月又浑圆。昔时事、涌上心田。和风牵袂,竹笛掀澜。共那花间,那湖畔,那楼栏。

遥望幽处,波如宝镜。泛银光,琴瑟欢弹。余音袅袅,情韵绵绵。咏一清词,三生愿,百秋缘。

鹧鸪天
石关之夜感怀

绿泾弯弯入岭中,飞泉溅石听松风。瑶琴一曲高川醉,绮梦三更小屋浓。

时短短,步匆匆,风吹烟雨送无穷。今宵把酒山林卧,尽享星河与月空。

注:
这是大别山区一个三伏天喝稀饭都不淌汗的乡村。

捣练子
观学生在历史文化名村查济习画有感

浓墨重,素描轻,纸上元祠清屋迎。百史千秋皆是画,一勾一划总含情。

踏莎行
暮秋有感

霜染青枝,雾笼绿岛,山村野岭寒天早。啾啾雁队唱长空,有谁听尔还家调?

几许绸缪,几番缥缈,几多红叶随风少。莫言冬至景难寻?梅妍雪里将春报。

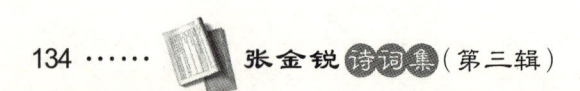

渔家傲
赴闽西路上有感

地合云天生晓雾,人听莺唱轻车度。融入霞光掀昊幕。观雁翥,齐声问我行何处?

吾答闽江寻白鹭,尔歌燕岭栖青堡。五岳三山心上驻,东风顾,花香散漫来时路。

鹧鸪天
三明有感

峻岭层层绿色围,长空云白彩霞飞。一江水碧翻银雪,几缕乡愁化夕晖。

金湖秀,玉华迷,客家祖地五洲知。放眸八闽明珠灿,梦里萦思任骋驰。

菩萨蛮
饮瑞金红井水有感

绵绵细雨烟如织,群山环抱眸含碧。今日饮泉台,清风入我怀。

长天留一角,为守再来约。问梦几时圆?燕归春意喧。

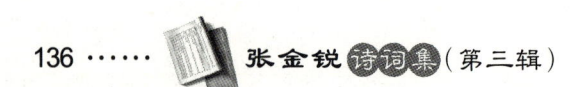

鹧鸪天
在赣饮酒歌

煮酒三巡唱大风,几多豪气数英雄。赣江往昔波含血,南岳今朝天炫虹?

情盏盏,酒浓浓,高山流水韵无穷。几多醉意融心底,留待明天共日红。

鹧鸪天
荠 菜

愿守清贫不恋华,扎根土壤爱农家。曾经朔雪埋荒野,却又东风绽嫩芽。

青满地,绿天涯,佐餐正好共粗茶。丰年岂可忘饥岁,莫向人前富贵夸。

鹧鸪天
立冬夜听雨有感

酒醉难眠意欲倾,萧萧叶落叩窗声。刚愁昨梦冬来浅,却喜今宵雨可听。

丛菊艳,桂香馨,漫山红树滴晶莹。休言霜冷寒风至,放眼江川一色澄。

减字木兰花
立安庆长江大桥

一虹飞渡,天堑北南无险阻。澎湃春潮,直上云空浪拍桥。

我来高咏,东去大江瞻远景。奋进挥戈,人物风流今世多。

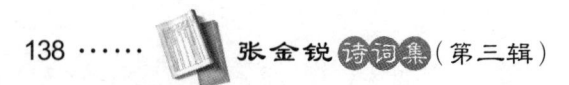

渔歌子
珠海感怀

（一）

渔女临波百态妍,琴心三叠听流泉,①鱼竞跃,鸟争欢,游人信步任消闲。

（二）

南国香山满目新,②草茵花海四时春,香似酒,客闻醺,诗情缥缈化秋云。

注：
①渔女雕像、圆明新园、三叠泉、海滨沙滩都是该市著名风景旅游点。
②该市也称香山。

浣溪沙
山乡春意

溪绕青峦柳隐桥,翩翩紫燕入新巢,声声布谷竞歌谣。

玉露晶莹呈嫩色,山花丹艳涌香潮,舒怀静听奏幽箫。

览胜篇

观福州三坊七巷

漠漠云烟掩昊空,悠悠岁月蕴藏中。

黑墙青瓦飞灵韵,红匾黄楼隐俊雄。

粤接惊涛歌雪白,京看热血赛霞红。

流连尽览明清史,步步倾听咏古风。

注:

　　三坊七巷是我国保存最好的历史文化街区,被誉为里坊制度活化石,明清建筑博物馆,近代名人聚居地,该地走出林则徐、严复、沈葆桢、林旭、林觉民、谢冰心、林徽因、庐隐、郁达夫、陈宝琛等众多名人。

和诚根先生《永定土楼》

碧水青山日影斜,春工描绘尽奇葩。

土楼百座藏珍富,古匾千联隐史赊。

莫道离乡是孤雁,犹思奉祖度年华。

五洲常见归来客,缘聚此方欢一家。

秋 钓

雄鸡催醒五更天,月伴星随过小川。
水静心宁城市外,云闲身立野塘前。
友朋煮酒尤能醉,朝夕垂竿也似仙。
今借金风抛美饵,何愁不品一湖鲜?

游 菱 湖

夏日菱湖夕照妍,荷香漫溢沁心田。
水如旧友绵绵语,树似情人对对牵。
游女轻移花绰约,熏风涂拂柳翩跹。
飘来阵阵黄梅曲,共得新诗付管弦。

岳阳楼赞

古阁峥嵘岁月稠,登临天阔望还收。
绿洲侧畔千堆雪,苍莽湖中万叶舟。
遥听欢歌飞浪里,近观郁津跃墙头。
时光逝去如流水,此处风烟尽可留。

游开封清明上河园

漫步皇家庭院中,亭台楼榭览无穷。
拂云阁上霞光灿,临水殿间祥气笼。
跃马争球态灵活,闻鸡斗勇势英雄。
千年古迹虽繁盛,难比今朝煦日红。

沙湖赞

清波闪耀映蓝天,塞上江南美誉传。
快艇如梭波浩渺,银鸥亮翅影翩跹。
人穿芦苇追鱼乐,风拂丝纶钓蟹鲜。
几许寻幽得奇趣,沙湖与我结良缘。

登明堂山

昔闻武帝坐明堂,今览奇山绝世妆。
幽壑飞流呈幻妙,峭崖异卉吐芬芳。
雄鸡报晓淡云绕,北斗星楼文运昌。
无限风华观不尽,欣歌一曲意无疆。

注:

"雄鸡报晓""北斗星楼"都是明堂山的重要景点。

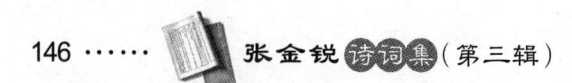

在北京皇家粮仓观昆曲《牡丹亭》

京城夏夜雨纷纷，昔日皇仓雅又闻。
古曲悠扬传玉笛，清音婉转衾罗裙。
牡丹亭寄三生梦，杨柳枝裁万里云。
采撷其中香一片，归欤留诗赋风薰。

亚马孙歌剧院

金碧楼台百载昌，沧桑不改色辉煌。
西欧格调增光彩，南美风华耀殿堂。
婉转琴声千鸟啭，翩跹人影百歌扬。
宜城汉子多豪气，一曲黄梅响四方。

注：
　　该剧院建于1896年，全部采用欧洲建材，欧式风格。在亚马孙湖畔，赤道旁，这是最高级的艺术殿堂，也是玛瑙斯市的标志性建筑。

里约热内卢市

云淡天蓝"一月河",依山傍海势巍峨。

耶稣峰顶尊神帝,科卡沙滩晒靓娥。

狂舞桑巴腾热浪,劲奔球步引欢歌。

昔年都市留青史,今日通衢美更多。

注:

里约市在1834—1960年为巴西的首都,葡萄牙语指里约热内卢市为"一月的河",耶稣山是里约市的象征,科巴卡巴纳海滩是世界上最大最美海滩之一,一年一度的巴西狂欢节在里约举行,能容纳18万人的最大足球场在里约,足球世界杯和即将举行的奥运会足球赛在此场地举行,桑巴舞是巴西的国舞。

登滕王阁

凌空楼阁倚江边,极目山河感万千。
孰云叠浪时无有?总见闲云荡水天。

游虎跳峡

两山并蒂雪莲花,①阅尽长江惜岁华。
浪卷涛飞天峡险,虎腾一跳越金沙。

注:
①虎跳峡一边是玉龙雪山,一边是哈巴雪山,下边流淌着长江源头金沙江。

春登赣州八境台

细雨随吾踏古台,和风八面入胸来。
眼观赣水双流汇,心恋龙山几日裁。

观肯尼亚纳库鲁湖火烈鸟

湖光映影舞翩翩,振翅高飞似火燃。
共得红云飘艳羽,人间饱览赋华篇。

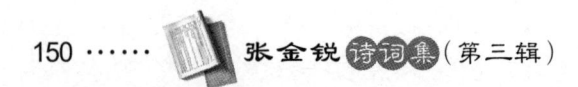

观十二门徒山

两洋浩渺映红霞,人立沙滩览海涯。
十二门徒朝夕望,耶稣布雨洒谁家?

赞小市镇乾隆牡丹

(一)
昔闻皇室育奇葩,宫苑移来百姓家。
国色天香浑似醉,皖河乡野蕴风华。

(二)
古镇花妍负盛名,客来欣赏更同惊。
丹青挥笔添新彩,一片吟哦赞美声。

马年春晨

曙色熹微鸟语多,风摇叶露舞婆娑。
清香融入阳春曲,唱我河山尽凯歌。

漫步六安市白鹭湖

花红树绿露如珠,一抹朝霞映翠湖。
百鸟争鸣声悦耳,犹听玉笛自怡愉。

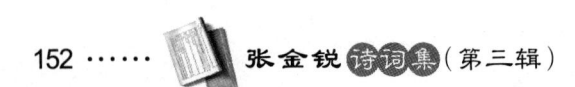

深秋观大别山彩虹瀑布

飞流直下溅身寒,遥忆春时对景看。
七彩圆虹悬梦境,令人缱绻在山峦。

桂林象鼻山①

玉帝灵霄瞰四方,降来大象饮漓江。

桂林从此甲天下,雨顺风调五谷香。

注:

①传说桂林象鼻山的大象是玉皇大帝派它下凡造福于当地百姓。

夜游桂林两江四湖

两江灯火四湖连,溢彩流光景万千。

曲曲笙歌随桨荡,客来妙境似游仙。

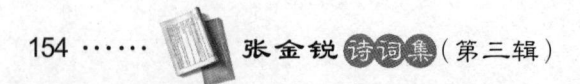

泛舟桂林漓江

百里漓江翠色流,船行镜里万山幽。
风光旖旎如长画,诗句拈来着意讴。

登东坡赤壁栖霞楼

凭栏远眺八方收,江水奔腾万里流。
谁奏瑶琴高阁上?声声天籁韵悠悠。

东坡赤壁寄怀

赤壁矶头寻古影,江声犹似听吟哦。
心随绝唱怀苏子,一路诗词载满箩。

新春情歌

(一)
柳丝万缕水边垂,袅袅依依绝俗姿。
一自春风梳洗过,美人长发绿参差。

(二)
东风暖拂百花开,一叶轻舟破浪来。
绮梦昨宵犹未尽,湖中云影又徘徊。

(三)
莺声啼到柳溪边,朱阁环廊曲径延。
谁与山河披锦绣,勤劳人共艳阳天。

聊城光岳楼

浩瀚波光入此楼，东来泰岳一齐收。
窗开四面迎宾客，要敞胸怀纳五洲。

棒 槌 岛

琼楼画阁伴青松，雪浪云涛竞入胸。
我欲凌霄御风起，俯观大海万千峰。

上天池峰

百转千回上九霄,飞车览胜彩云飘。
瑶池可照诗人影,一手摩天独自骄。

乘飞机在天上

白云可摘眼前飘,敢与苍穹试比高。
俯首雄鹰飞脚下,大风一曲唱逍遥。

到岳西天堂寨

仲春何处去？车注秀天堂。
银瀑飞千尺，红霞胜百芳。
烟将清梦引，水把锦衣藏。
燕舞莺歌里，情怀荡昊苍。

傍晚在随州星河畔漫步

小径曲中幽，星河翠色流。
黛山呈美景，绿柳戏飞鸥。
歌婉骚人醉，灯华靓客游。
人牵一轮月，心底韵初收。

重览厦门

六载时光短,重寻鹭岛缘。

榕藤缠老友,海浪拨新弦。

燕赵千情义,澎台一线牵。

期圆华夏梦,放眼看今贤。

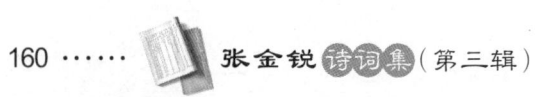

观梅州桥溪古村

木桥青石泾,深谷起飞禽。
玉露滋云叶,烟岚隐鹤林。
频瞻高宅影,广听远朋音。
不用寻仙境,心头响绿琴。

游锦里

诸葛庙堂边,银河落蜀田。
霓虹千道彩,佳味万般鲜。
脸变无穷趣,心生不了缘。
流连怎知返,一任梦魂牵。

春日轻车赴闽

一路水山瞧，豪情涌作潮。
莺啼绮梦蕦，梨绽雪花雕。
曲径通幽峡，晴岚绕野桥。
回眸无远近，歌引动云霄。

漫步斯坦利公园

山青遮白雪，林密绿妖娆。
海浪惊飞翼，波光映画桥。
天高鸥侣乐，日丽燕群骄。
随步行幽径，风声也涨潮。

注：
  加拿大国家公园对面的落基山峰上覆盖着白雪，公园紧连着的布拉德海湾上不时飞翔着水上飞机，狮门大桥横跨海湾。

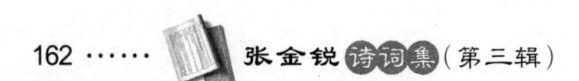

清平乐
石佛寺茶庄

繁花古树,泉水潺潺处。几许云深频可遇,曲径通幽天路。

葱葱起伏山峰,满眼挺拔苍松。石佛寺中烟袅,茶香一任清风。

采桑子
襄阳赞

瑶池疑向人间落,岘岭苍苍,汉水茫茫,难怪嫦娥爱此乡。

光风霁月钟灵秀,花树霓裳,园圃芬芳,千载襄阳日日煌。

鹧鸪天
赞南阳

村秀山青信步游，南阳美景豁眸收。丹江碧水城乡润，科圣嘉名岁月悠。

佳境赞，俊才讴，楚风汉韵写春秋。云烟千载桑田换，喜看今朝誉九州。

忆江南
赞漯河

（一）

沙河秀，碧水泛红船。曲径通幽环翠带，繁花生艳客流连。谁不赞声欢？

（二）

商桥古，车印刻千年。八卦阵中顽敌灭，满江红里赤心燃。鲜血洒河边。

（三）

观园震，字圣印心田。华夏文明传四海，中原薪火照千年。能不激情燃？

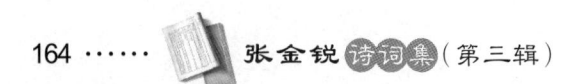

柳梢青
观梅州雁南飞园

绿岭繁花，玫瑰粉艳，扶桑红华。飞瀑泉哗，古榕丝挂，紫雀喳喳。

随心席石尝茶。远峰上，飘过彩霞。谁拨琵琶？直将人醉，不晓回家。

南乡子
晨立厦门海边小楼

东海跃朝阳,鹭岛身披七彩光。鸥白翱翔舟逐浪,巡疆。风送妍花百里香。

椰树掩红墙,鸟唱蝉鸣闹玉窗。远看天蓝山翠绿,情扬。一曲清词韵味长。

鹧鸪天
黄山抒怀

玉帝腾龙游上天,吾今凭缆也成仙。霞红似带腰间绕,云白如莲脚下妍。

千道水,万重山,一观众小且融烟。心随浩渺豪情涌,大写人生立秀巅。

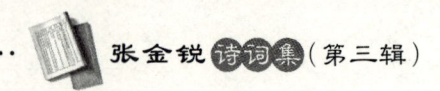

鹧鸪天
秋游查济村

黛瓦青砖绿岭围,石桥碧水菊花飞。元祠栩栩藏奇史,明匾辉辉引赞诗。

浓墨屋,素描枝,秀图怎绘武陵姿?风流千载今谁共?梦与谪仙挥笔题。

南乡子
石林感怀

怪石竟成林,乱立奇峰处处森。盘古当年神斧劈,登临。天下奇观古至今。

百鸟啭清音,美丽阿诗玛拨琴,阿黑哥吹笙醉舞[①],倾心。对对情真似海深。

注:

①阿诗玛、阿黑哥为石林地方撒尼族分别对女子和男子的称呼。

虞美人
泛舟洱海

楼船浪卷千堆雪,阵阵清风拂。金花三道举香茶,[①]苦后回甘心底渐升华。

苍山屹立雄州盛[②],琼阁湖光映。放歌飞舞热情燃,多少游人倾倒尽开颜。

注:
① 三道茶按顺序为苦、甜和回味茶,是白族人对贵客的最高礼节。
② 大理白族自治州古称雄州。

菩萨蛮
赏纳库鲁湖国家公园

天蓝云白风光好,湖中鸟影知多少?远水起红云,青滩鸣叫纷。

丛深狮静卧,树密猴轻过。遍觅纳湖园,几多禽兽欢?

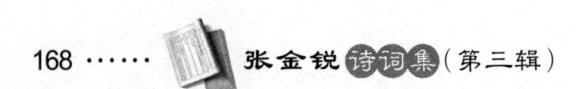

渔歌子
在马赛马拉国家公园无花果饭店

木屋枝篱曲径幽,青藤碧水百花洲。猴嬉闹,鸟欢讴,人来仙境兴悠悠。

渔歌子
菱湖之夏赞

盛夏菱湖映夕辉,缤纷蝴蝶绕荷飞。花蕾放,柳丝垂,波摇一棹唱黄梅。

一剪梅
春日散步在潜河畔

破晓河边风景娇,花也妖娆,柳也妖娆。白鸥拍浪小船摇,鸟在逍遥,人在逍遥。

何处传来浣女谣?槌棒声敲,小调声飘。和风轻拂柳丝撩,情似波涛,诗似波涛。

菩萨蛮
仲夏散步莲湖公园

烟波一望平湖碧,小桥曲径长廊赤。水畔柳丝长,佳人曳翠裳。

荷花含蓓蕾,照影红如绮。漫步不思归,夕阳无限晖。

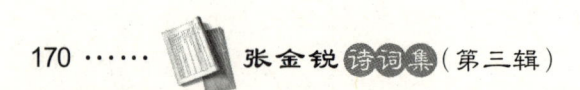

柳梢青
夜游西湖

月色溶溶,和风摇曳,山水朦胧。一叶轻舟,清波荡漾,欸乃声中。

登楼放眼从容。乐响起,喷泉跃空。飞瀑流虹,鱼龙起舞,其乐无穷。

柳梢青
游湖

拂晓车驱。花明柳翠,风卷云舒。一叶轻舟,两三好友,打桨平湖。

问谁酒饮多壶?四五两,没人认输。荡漾波光,迷离山色,醉里歌呼。

卜算子
春　情

　　轻袅柳丝长,待放花苞小。欲借和风别样情,水韵山歌好。布谷唱声声,勤唤君行早。欣览缤纷七彩图,一路行人笑。

江城子
桂　林　赞

　　人间何处是天堂?入仙乡,饮漓江。碧水青山,百里画廊长。[1]一览奇峰千万状,飞九马,曳罗裳。[2]

　　两江灯火映辉煌,听笙扬,赏华妆。皓月星空,三姐对歌狂[3]。绮丽风光看不尽,心已醉,梦无疆。

注:

①世称"百里漓江,百里画廊"。

②九马画山、望夫岩等是漓江的著名景点。

③两江四海、印象刘三姐是桂林著名景区。

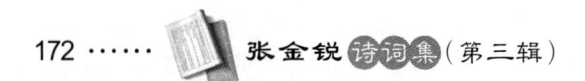

清平乐
阳朔银子岩

　　仙乡何处？阳朔岩中觑。水底龙宫生万树，一柱擎天高竖。①

　　神仙菩萨戎装，同防宝伞开张。②不是银河倒泻，哪来如此天光？

注：
①"水底龙宫""一柱擎天"都是此岩的主要景点。
②紧闭的"混元珍珠伞"是此岩的主要一宝，由众多神仙菩萨保护。

恋情深
访刘三姐对歌台

　　梦绕情牵何地去？对歌台处。柔波轻泛竹儿船，水云间。

　　古榕无语任藤缠，诗客枉流连。三姐几时相见？问岚烟。

减字木兰花
和诗家桂林山水

（一）

碧山青水，石峻洞奇风景美。翠竹琼枝，影曳漓江旖旎诗。

客来天下，共涌豪情吟九马。日丽平湖，百里长廊比画图。

（二）

非夸不可，一到桂林陶醉我。三姐多情，水唱山歌八面听。

天平地仄，万众争吟餐秀色。长绕诗魂，不尽风华岁岁新。

清平乐
乡村人家

东风拂晓，原野春光早。杏白桃红争吐俏，更听黄莺歌妙。

石桥碧水人家，客来茉莉煮茶。只待朝阳升起，小园开满霞花。

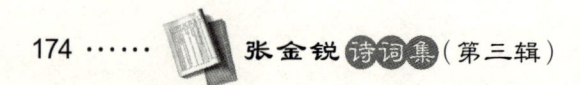

沁园春
观杭州西湖感怀

三月西湖,碧水粼粼,朗照晴空。看苏堤春晓,桥横玉带;闻莺柳浪,暖拂轻风。花港观鱼,雷峰夕照,处处观来景不同。数华夏,有谁能相比,独领寰中。

湖山如此葱茏,引多少游人兴致浓。叹昔年战祸,疮痍满目;今朝换代,再造娇容。一代高贤,东坡居易,留得双堤似卧龙。新世纪,喜钱塘儿女,个个英雄。

蝶恋花
郊 游

又是江南春处处。水绿山青,桃杏香如许。拂面风柔飘细雨,平湖可唤轻舟渡。

蝶舞蜂飞随满路,杨柳堤边,更听黄莺语。布谷催耕苗满圃,心田和暖阳光煦。

亲情篇

槎水情思[1]

几度回思往事秋，今临故地泪先流。
依稀山有家慈影，隐约村传患女讴。
送炭风吹茅屋雪，悬壶烛照激湍舟。
经年犹似梦长短，感慨人间岁月悠。

注：
[1] 家母于"文化大革命"期间曾从市一院下放槎水医院数年。

耳顺之年闲吟

青春昔已忙中逝，尘迹多于鬓上留。
布谷声声惊梦醒，寒风阵阵落花收。
烟分朝暮浮无向，人隔东西望有流。
欲问情怀何处寄？大千境界尽吟讴。

贺晓漫、黄莹好友喜得孙女

桐树参天彩凤来,遥听佳讯笑颜开。
浦江映月怀珠宝,龙岭披霞绽玉梅。
盛世堂堂良有道,新年步步上高台。
小诗寄意喜相贺,他日重逢饮百杯。

清明思亲

香烟袅袅又清明,长念双亲泪泪倾。
庭畔依稀闻父语,梦中隐约挽娘行。
持家勤俭亲垂训,报国精忠不为名。
百善之先当孝道,对空遥祭诉悲情。

纪念恩严逝世二十周年

仙鹤寻回旧部中,青峰碧水会群雄。
湖云难遮刀光白,山柏犹迎曙色红。
半世常怀忧国志,一生素有为民风。
神州满目清平景,乐在西天看日东。

注:
家父是新四军二师老战士。

思 母 亲

梦里思亲几唤娘,依稀白发在身旁。
三更床畔牵蹬被,四载院前望断肠。[1]
絮絮叨叨谈注昔,朝朝暮暮话家常。
雄鸡啼晓犹难歇,总恨相依夜不长。

注:
[1]我曾入伍四年。

寄春儿而立生辰

而立年华望自强,人生最是惜时光。
攀峰不畏征途险,渡海何愁巨浪狂。
路转航迷心镇定,云开雾散日辉煌。
男儿有志天行健,但做鲲鹏万里翔。

贺外甥女谢驰婿张祥结百年之好

桂花十月笑中开,朗旭红霞合自裁。
天柱弥香飞彩翼,金陵流翠作妆台。
三生石畔竹梅影,百尺楼间龙凤杯。
佳偶天成栖福地,相期明日凯歌来。

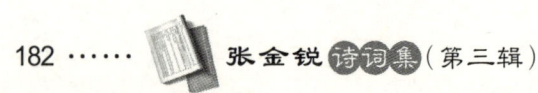

思

北来飞燕到南陲,月下湖边玉笛吹。
似觉百川皆绕指,古筝轻拨又因谁?

初夏夜思

夜半虫鸣入梦难,披衣小院感春残。
阶前花瘦经风露,月共人孤夏亦寒。

中秋有感

中秋自古盼团圆,网络今朝远可连。
轻点鼠标心底乐,屏间儿影笑眸前。

喜闻春儿入党有感

喜讯京城报我家,欣观苑柏发新芽。
心倾国际歌声里,三代同酬情不赊。

给双亲老宅通风防霉

梅雨初临降水丰，轻开老宅透和风。
恍如父母音容在，阵阵呼儿在屋中。

清明祭先人

满酌芳醪奠九泉，心声泣泣慰先贤。
怅难尽孝多陪伴，献上鲜花胜纸钱。

自勉

欲壑难填世可忧,金银招祸岂能求。
修身立德听民语,宽阔心河可泛舟。

冬夜待儿远方归

雪片纷飞簌簌声,红灯高照满窗明。
缘何未有门铃响,听了三更听五更。

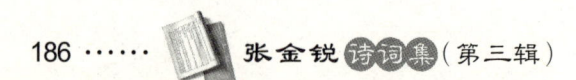

秋 兴

渔舟唱晚古筝音,如听幽人醉里吟。
江水悠悠流不尽,碧云归雁诉秋心。

莲湖夜思

为觅筝声漫步游,菱湖桥下柳堤幽。
月光挽得佳人出,伴我今宵赏碧流。

清明祭双亲

英灵天去盼天还,每至清明泪眼酸。
问遍长江东逝水,春来何故雨声残?

鹧鸪天
秋夜思怀

雨洗秋风子夜凉,菱花空对绣龙床。万红褪色千枝坠,一曲新词半袖霜。

观笛挂,黯神伤,几多逗趣脑中藏。今宵难寐绵绵泪,梦载轻摇至远方。

临江仙
秋夜情思

习习秋风蝉断唱,长空北雁归来。黄红落叶满台阶。物华呈妙景,秋暮感情怀。

多少青梅成底事,梦中相聚兰台。相思千里任谁猜?几多情未了,月露入闲斋。

深院月
京城夜思

城静静,夜空空,只感寒深又携风。无奈酒高人不寐,徘徊吟到五更钟。

亲情篇

临江仙
京城夜感

夜静天高瞻月皎，流光幻影他乡。凭栏无语对芬芳。微风谁与送，花气醉心房。

家事向平婚嫁了，扁舟一叶湖江。吟诗交友写华章。识途如老马，驰骋任苍茫。

浣溪沙
冬夜有感

皎月流光照小窗，无眠独坐夜茫茫。一帘幽思化诗行。

庭竹青时冰雪冷，梅花开处梦魂香。问谁携手入仙乡？

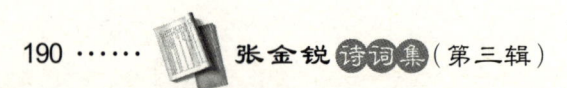

友情篇

答友人退休言老有感

人间物事总依风,叱咤风云已梦中。
花落花开随岁月,霞明霞暗任西东。
脱冠松下欣长寿,放鹤云间赏秀嵩。
身影自留幽古处,好吟诗句寄由衷。

和诗友《春梅》

花妍雪里盼春风,装扮晴川朗照中。
冬岭几枝斜点笔,春江百影细分工。
常欣温煦层层绿,更爱寒烟簇簇红。
期得暗香时醉我,宵宵绮梦寄苍空。

和友人偶感

（一）

岁月匆匆感有余,身临广厦虑寒居。
只因未改凌霜节,才会常思酷日锄。
晨共兰风清枕簟,夜随竹影咏诗书。
梅开酬报春来早,桃李繁枝透日疏。

（二）

奋斗春秋未感岭,经风沐雨岁河边。
思于世外寻仙境,乐在人间挺铁肩。
隐士常怀三泾菊,老翁犹恋几华年。
今逢明月东风暖,唱和情燃不夜天。

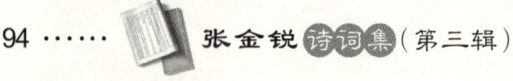

和 诗 友

（一）

诗友相逢美酒调，汝吟吾和入云谣。

人欣高咏椒花颂，仙舞飘过玉宇桥。

又听水帘传韵雅，欲同花果上山遥。

此时远近皆成趣，更为故人留一宵。

（二）

常入深山独自登，临峰托日踏云层。

涛飞脚下盈盈雪，邑映湖中烨烨灯。

独领青林何有尽，脱颖韵海信犹能。

纵然夕暮怀归切，仍向苍穹觅未曾。

步韵和诗家

隔洋唱和夜难眠，一曲吟声跨两年。

豪咏心倾峰上月，清游影共水中天。

怀人梦断幽怀里，踏海舟行巨浪前。

万象悠悠心底蕴，芸窗高坐笔依然。

和《腊八节寄友》

霞吟旭和共云浮,常在天池泛叶舟。
莫道相逢萍泊遇,更欣春夏网联酬。
高山流水琴含玉,纵笔挥毫气贯楼。
品粥犹思年腊八,情燃心暖唱风流。

步韵和《我的大学》

时光逝去复难存,总忆当年老校门。
学艺习文增智慧,冶心养德敬师尊。
春喧桃李胸怀广,冬赏雪梅欢语温。
百载风云融绮梦,兴挥椽笔赋深恩。

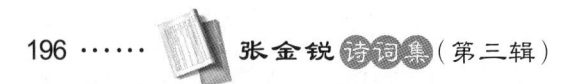

和友人

苦中有乐不知酸,往事如烟总笑看。
宋词唐诗寻有味,青山碧水引为餐。
潜心细琢令情醉,洗耳恭听去夜寒。
明月清风相伴我,几多唱和问平安。

寄友人

人逢知己喜擎杯,笑共长江浪涌催。
思绪常随星月转,心花应对水云开。
莫言千里青山远,已感一诗苍昊魁。
几许无眠生绮梦,同游琼苑锦华栽。

和老友河雨浓浓先生《晨练》

弯月西斜淡淡空,天边东启一抹红。
轻盈脚步灵如燕,矫健身姿快似风。
出汗方能心畅放,舒筋才可血通融。
悠悠六秩经寒暑,喜伴菱湖树郁葱。

老友重阳节聚会

又到重阳聚小楼,清吟把酒话春秋。
人间日月知寒暖,海上波涛共鹭鸥。
枫叶经霜尤灿烂,青山浔雨好闲游。
夕晖无限情潇洒,片片光霞耀九州。

欣赏诗友佳作

秋风送爽句新裁,更似珠玑照眼来。
语可惊人知博学,理能格物见高才。
登山期得同携手,赏月尤思共举杯。
最喜诗家慷慨调,皖江激荡浪花开。

战友重聚豪情涌

重聚江楼战友多,擎杯几度共吟哦。
方思勇士擒倭史,又唱奇兵伏虎歌。①
怒斥东洋弥瘴雾,笑啃南海起鲸波。
图强永保金瓯固,重举钢枪灭恶魔。

注:
①我当年入伍部队诞生于抗日战争的太行山区,曾在抗美援朝战场上奇袭敌嫡系部队"白虎团",立大功。

寄友人

久别家乡惜未还,宜城三载换新颜。
声声布谷啼青野,煦煦春风暖碧山。
每望京都湖上舫,总思古皖岭前关。
北归大雁捎心意,红叶龙峰诗共攀。

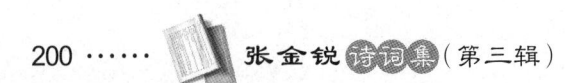

和友人

老友重逢酒暖肠，风云岁月话沧桑。
难忘长埂防狂浪，常忆高河绘锦章。
梅艳自妍寒岭雪，才扬须借布衣郎。
深情最是隆冬夜，淡墨成诗写万行。

和老友元旦前夕赠诗

今又相逢皖水滨，好将兴致付清真。
风骚独领遵唐律，经典堪当拜圣人。
寄意山河当自醉，忘怀名利未为贫。
高歌一曲随江去，又喜梅花报早春。

和友人

（一）

酬唱霜天合比肩，案头相看墨花妍。
春呈塞北沙尘静，秋有江南月影圆。
隐士常思三泾菊，佳人爱恋一池莲。
诗心我愿君同笔，高诵神州乐做仙。

（二）

奋斗由来不拜仙，难忘风雨皖河边。
激扬正气光明路，炽热丹心锦绣篇。
诗卷如山求圣富，时情似水效人贤。
登高更觉襟怀畅，笔走龙蛇写大千。

（三）

鸿雁频传两地篇，跨河唱和乐无边。
长怀昔日存高谊，犹感今朝结胜缘。
豪咏心同峰顶月，清游影共水中天。
欣逢盛世东风暖，诗意滔滔泻玉泉。

（四）

海阔心宽纳百川，岂因琐事困当前。
思于世外生涯乐，欣在诗中趣味怜。
洗耳恭听声振玉，放眸更望阁凌烟。
芳醪啜罢心宜醉，梦到江天月共圆。

（五）

诗似长流涌向前，但期高咏继先贤。
潜心细琢三千句，洗耳欣听五百篇。
孔圣门前风铎振，李仙笔下玉珠连。
白云明月常相伴，唱和春秋不了缘。

和友人《乌兰布统印象》

一望无垠草色稠，轻车欣作绿原游。
蛤蟆坝上云连坝，桦树沟边翠隐沟。
跑马远山瞻渺渺，听民长调醉悠悠。
雾霾飘去蓝天净，吟得新诗成玉流。

和广西好友乡朋欢聚有感

三载成行赴桂疆①,举杯欢聚话情长。
君思皖国千花丽,我喜邕城百业昌。
携手登高风拂拂,凝眸眺远野茫茫。
饱看胜景胸襟爽,一醉悠然入梦乡。

注:
①好友在桂履职三年,多次想去看望未成行,这次如愿。

和老友《腊月感怀》

红梅乍放小园东,瑞雪缤纷兆岁丰。
月隐龙山幛夜雾,春来皖国沐东风。
起听钟鼓三更响,高咏诗词百首雄。
我辈分阴当共惜,莫教时节过匆匆。

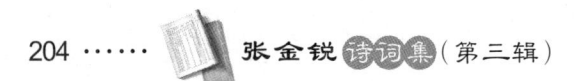

和老友乡朋欢聚武汉

东湖花绽为谁妍？举盏频频感万千。

昔日桃园声朗朗，今朝桂阁语拳拳。

闻君常恋宜城友，令我多思楚邑贤。

旷达谁能拘礼节，此时一醉胜神仙。

广州老友欢聚有感

老友重逢共举杯,珠江水暖笑颜开。
秋临无虑风云变,情暖能将锦绣裁。
南海旷瞻千浪涌,衡山精沐万峰来。
宏图已绘花城在,骏马奔腾五鼓催。

京城众友又重逢

铺金十月惠风和,众友重逢竞咏哦。
湖水西来献诗句,海潮东去带心波。
尘纷暂远传佳语,酒禁初宽放浩歌。
更说陶潜三径菊,好秋几点不须多。

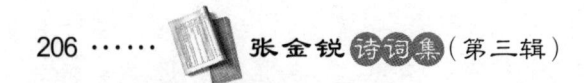

同学聚会感怀

同窗八面聚华堂,四秩春秋感兴长。
心愿高怀融大梦,蓝图长绘入新章。
银涛化雨绕天柱,明月成风动皖江。
重唱黉门太平曲,人生写就一行行。

步韵和友人《赏读〈赵朴初手迹选〉》

犹是长空月影斜,明星闪烁炫天涯。
禅光泽笔生奇彩,梵意萦心绽异花。
起舞龙蛇腾玉宇,卷舒云气拂金纱。
随缘万象虚无尽,花果山香总不赊。

和友人《人生感悟》

清淡人生不说愚,云舒云卷复如蛛。
草丛也可埋奇阵,绦柳堪能织绣襦。
日暖但看枝吐翠,花香好为叶凝珠。
老来竹杖幽山去,一共渔樵做野夫。

步韵和诗友《山》

穿破云涛喜作桥,嫦娥奉酒醉逍遥。
化龙气势惊蓝宇,拓地襟怀束玉绡。
也学姜竿投渭水,尤思岳弩射江潮。
千秋岁月磨双鬓,海入心田小似瓢。

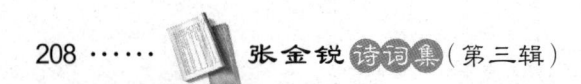

步韵和诗友《寄友》

雁翔南北总难违,朗日朝霞化锦衣。
高埠流光云里暖,皖河飞雪浪中辉。
多思苏赋情无限,常效羊碑气有威。
犹想借来天外笔,夕阳作纸写新溦。

高中同学聚会感怀

国庆期间,十几位高中同学聚会,有三位同学竟是毕业四十年后第一次相聚,感慨万千……

昔日同窗八面来,少年趣事竞相猜。
千觞万语都嫌少,不尽情丝共剪裁。

思友人

灯前不见故人来,梦里依稀脚步回。
尽管韶光如水逝,仍将陈酿诗君开。

答友人

月漾清波小舫摇,黄梅曲曲梦魂销。
问君此去何时返,影入菱湖第几桥?

感恩节和丁先生

雪飞雾淡快车行,只听收传祝福声。
同识恩深需感报,人生处处总关情。

赴亳州看友人

采得江花赴亳州,深情一片涌心头。
今朝痛饮邀中酒,他日挥毫志可酬。

赠友人孙兄

江波日夜任喧哗，海角天涯也是家。
但做繁花香满岭，夕阳做伴化红霞。

和余先生《福建小感》

八山一水一分田，东海扬波洗碧天。
同祝干戈成玉帛，辉煌共创胜前贤。

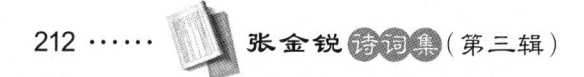

同学聚会

四十余年喜又逢,黉门趣事话无穷。
忽听几位言相逗:你我当年"一对红"。

赠友人省城履新

皖水龙山五十秋,披肝沥胆志能酬。
他乡同样宏图展,揽月凌云再上楼。

答友人

酒醉心明入梦迟,几多往事总萦思。
秋冬春夏轮回转,花落花开亦是诗。

和友人《秋思》

(一)
一帘幽梦绕天涯,又见东方炫彩霞。
气爽秋深何处艳,满枝红叶胜春华。

(二)
几多风雨化烟霞,尘旅回眸鬓已华。
月缺月圆人见惯,诗心每每付琵琶。

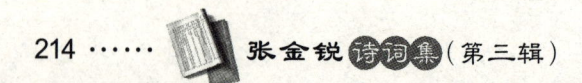

寄战友

（一）
南海征轮出港湾,朝霞捧日映丹颜。
男儿不负平生志,浩气长存卫玉关。

（二）
守我边疆影不斜,心田浪涌共朝霞。
为君祝福身康健,但信豪情无有涯。

答京城友人

鹅黄湖畔柳,煦日遣东风。
紫燕寻巢旧,黄莺唱曲同。
晨游飞逸兴,夜咏炫心虹。
一共春光暖？初心入绿丛。

和台湾友人《除夕夜》

今夕复何夕,中华贺岁同。
举樽光泛绿,剪烛影摇红。
午夜钟初响,新春雪渐融。
邀君共酬唱,诗意乐无穷。

羡友人

自在为闲客,轻舟四海行。
涛欢飞雪舞,日暖浅滩晴。
春夜闻溪语,秋晨喜鸟鸣。
邀朋时把酒,妙句对杯倾。

赠友人

长夜读离骚,千秋血气豪。
文星常灿灿,楚水自滔滔。
冬琢松间玉,风凝梨上膏。
与君珍晚景,吟啸共醇醪。

思同学

黉门几度秋,风雨共同舟。
若忆当年景,长江笔底流。

和丁兄

幽山谷空静，晨露好风醇。
听得鸡鸣晓，诗留梦里真。

答友人《昨夜望月》

圆缺有悲欢，风萦九畹兰。
但求情旷达，心纳海天宽。

浣溪沙
老友欢聚

老友重逢皖水城,畅欢纵酒酒含情。吟歌一曲意如倾。

犹叹今宵分秒短,期怀明日煦光盈。几多心语说谁听?

浣溪沙
高中同学毕业四十年重聚有感

高唱青春意气雄,一怀壮志贯长空。英姿矫健胜飞龙。
莫叹今朝双鬓白,沈吟昨日晓霞红。情融万树正春浓。

鹧鸪天
和孟总《寄清都山水郎》

君在庐阳吾傍江，遥相唱和举壶觞。春晨高咏心声远，秋夜低吟月影长。

情隐逸，梦淌洋，松间梅畔放清狂。芬醪未醉心先醉，人至天涯也带香。

长相思
与王老师深圳早餐聚

话几声，笑几声，窗外花间紫雀鸣。朝霞也在听。
眼中明，心中明，昔日春风催柳青。碧霄圆月迎。

采桑子
与金老欢聚家乡

当年千里天山聚,话语相投,酒趣相投。弹指烟云二十秋。相逢今在宜城夜,喜上心头,醉在心头。任凭长江浩荡流。

虞美人
答友人

人间烦恼知多少,今世谁能晓?宋词唐律在胸中,不问东南西北哪般风。

漫言小小菱湖浅,钓趣优江畔。一池方暖碧悠悠,洗去秋冬春夏几多愁。

阳关曲
乡友欢聚京城

今晨起华东地区大雾,安庆飞机停飞,安庆到合肥高速封路,设法辗转到合肥乘高铁于暮至京聚会。

驱霾穿雾赴京城,乡友相逢满屋情。

劝君畅饮三巡酒,欣听吟声连笑声。

后　　记

　　我是一名诗词爱好者,从 2009 年开始学习诗词创作。2012 年初、2014 年初,我先后把一些习作整理结集出版两部诗词集后,得到一些诗家、词家、学长的指教和鼓励。因此近两年来,我更加痴迷于对诗词的研习,并将其作为业余生活的重要部分。

　　这次,我将近五年来的传统诗词习作及少数修改的旧作计 400 余首汇集成册,恳切希望得到更多诗家词家和爱好者的赐教。在传统诗词习作过程中,得到了余龙生先生等多位学长的指正,这些习作整理后,又承蒙梁东老教授、刘梦芙教授、沈天鸿老师、江山文学网依山观水老师、西园墨痕老师等多位专家、学长对它进行了精心的修改与指教。可以说,这本诗集凝结着他们的智慧结晶,在此谨表示万分感谢。

　　我还是要十分感谢安徽人民出版社的领导与编辑,十分感谢我的一些朋友与同事们,他们一再鼓励、支持、帮助我继续出版这本诗词集,亦在此致以谢忱。

　　最后我还想说明,尽管对收入这本小集子的传统诗词,我几经推敲,但仍然难免有许多不足之处,衷心期望得到众多诗家词家、学长、朋友们的指教与帮助,以便不断提高自己的创作水平,我将不胜感激。

张金锐
丙申新春